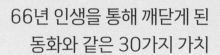
66년 인생을 통해 깨닫게 된
동화와 같은 30가지 가치

엄마라는 이름의 정원

이 순 자 지음

엄마라는 이름의 정원

1판 1쇄 인쇄 2025년 1월 20일
1판 1쇄 발행 2025년 1월 25일

지은이 이순자

발행인 김영대
펴낸 곳 대경북스
등록번호 제 1-1003호
주소 서울시 강동구 천중로42길 45(길동 379-15) 2F
전화 (02)485-1988, 485-2586~87
팩스 (02)485-1488
홈페이지 http://www.dkbooks.co.kr
e-mail dkbooks@chol.com

ISBN 979-11-7168-076-4   03810

여러분만의 정원에
아름다운 꽃들이 활짝 피어나기를

"우와! 대단하다. 이 어려운 일을 해냈구나. 정말 멋진데?"

저는 어려운 일을 잘 견딘 후 해냈을 때 그리고 사람들이 저의 결과물에 대해 인정과 칭찬의 말을 해 줄 때, 행복의 감정을 충만히 느낀답니다. 행복이란 감정은 제 삶을 풍요롭게 해 주고 더 큰 목표와 성장을 꿈꾸게 해 주었어요.

그래서 저는 결심했습니다. 대한민국 아이들을 행복하게 해 주겠다고, 아이들에게 행복을 전해주는 교육자와 어른이 되겠다고 말이죠. 현재 어린이집 원장으로서 30년 넘게 사명감을 가지고 일하고 있습니다. 또한 제가 느꼈던 행복, 제가 가지고 있는 이 사명감을 어떻게 하면 다음 세대들과 내 자식들에게 남겨줄 수 있을까 고민했습니다.

우연한 기회에 함께 모여 책을 쓰는 공저 모임에 참여하게 되었어요. 바로 이거다 싶었죠. 공저 책을 출간했고요, 이어서 제 꿈 중의 하나였던 개인 저서 출간에 도전했습니다.

'삶으로 가르치는 것만 남는다.'라는 말이 있지요. 저는 제가 걸어온 인생의 모양을 솔직하게 글로 표현하기로 했습니다. 저의 10대부터 60대까지, 하나님께서 선물해 주신 귀한 경험들과 제 삶을 이끌어 준 가치단어 30가지를 연결하여 남녀노소 어느 누구나 쉽게 읽을 수 있도록 동화 형식으로 써 내려갔지요.

그것이 결국, '엄마'라는 한 단어로 압축되더라고요. 엄마이기 때문에 힘든 시간들을 이겨낼 수 있었고 엄마의 마음으로 원 경영을 했기에 긴 시간동안 사명감을 유지할 수 있었어요. 그래서 《엄마라는 이름의 정원》이 탄생하게 되었습니다. 이제는 독자 여러분과 함께 엄마라는 인생을, 우리의 인생을 잘 가꾸어 가는 정원사가 되고 싶습니다.

편안한 마음으로 읽으시며 나는 어떤 가치단어를 귀히 여기는지, 현재 어떤 가치단어가 마음에 담기는지, 어떤 가치단어를 배우고 싶은지 선택해 보는 것도 좋을 것 같습니다.

또한 독자 여러분의 삶이 소중하다는 것을 일깨워 주고 싶었어요. 그래서 한 편의 글을 마칠 때마다 '독자에게 던지는 질문'을 수록해 놓았습니다. 삶을 돌아보고 질문하고 생각을 정리하여 글로 남긴다는 것은 미래의 엄청난 무기가 된답니다.

개인 저서를 쓰게 된다면, 시상식에서 상을 받는 사람들이나 다른 작가들이 하는 '감사의 말'을 저도 꼭 써 보고 싶었습니다.

저를 세상에 태어나게 해 주신 부모님, 세상을 향해 도전할 수 있도록 용기 주신 선생님께 감사드립니다.

좌충우돌 20대부터 40대 시기를 잘 견디어 준 저 스스로를 칭찬해 주고 싶어요. 50대와 60대, 꿈을 향해 새로운 일들을 시작했어요. 꿈을 이루도록 함께 해 준 동기와 선생님 그리고 교수님께 감사드립니다. 특히, 제가 글을 쓸 수 있도록 가르쳐 주시고 도와주신 백미정 작가님께 감사합니다.

인생을 살면서 넘어지고 좌절하는 순간에도 "이 또한 지나가리라." 되뇌며 이겨냈습니다. 독자 여러분, 모든 건 지나가게 됩니다. 참고 견디면 분명 새로운 행복이 밀려옵니다. 이겨내세요. 그리고 글쓰기도 시작해 보세요. 오늘부터 시작하면 완성되는 날이 옵니다. 도전해 보시길요.

여러분만의 정원에 아름다운 꽃들이 활짝 피어나기를 응원합니다.

2024년 12월 31일
엄마라는 이름의 정원에서
이 순 자 드림.

차 례

7

첫 번째 이야기,

행복한

활 력
· · · · · · · ·

풀 냄새 땀 냄새

안녕하세요? 제 이름은 '활력'이라고 해요. 순자의 어린 시절, 단
짝처럼 지냈답니다. 순자는 어려서 배우는 것을 좋아했습니다. 하지
만 시골에서는 공부를 계속할 수가 없었지요. 그리고 그는 동무들과
장난치며 노는 것을 좋아했어요. 고무줄놀이, 사방치기, 땅따먹기 등
을 하였지요.

어느 날 저녁 시골 마당에서 남자아이들을 데리고 태권도를 가르
쳐주는 청년 오빠가 있었어요. 순자도 태권도를 배우고 싶었지만, 여
자아이라고 안 된다고 하였어요. 순자는 태권도 배우는 곳 마당 한쪽

구석에 서서 며칠 동안 남자아이들이 태권도를 배우는 모습을 지켜보고 있었어요. 드디어 청년 오빠가 말했어요,

"그럼 어디 한 번 따라 해봐."라는 청년 오빠의 말이 끝나기도 전에 순자는 마당으로 뛰어갔어요. 태권도를 할 수 있다는 것 자체가 즐겁고, 재미있었어요. 어디에서 그런 힘이 나왔는지 순자는 열심히 배웠어요.

시골에서는 여름 오후, 소에게 풀을 먹게 하려고 산으로 가게 됩니다. 순자는 친구들과 함께 소를 몰고 산으로 갔어요. 소는 산에서 꼴을 먹고, 아이들은 숲에서 놀이를 했어요. 옷이 젖을 만큼 땀이 나도록 뛰어놀았어요. 그러다 목이 마르면, 산속에서 졸졸 내려오는 샘물을 두 손으로 떠서 먹기도 했지요. 저녁이 되어 집으로 갈 무렵 소를 찾으러 이산 저산을 뛰어다녔어요. 산속에서 소를 찾아 집으로 오는 길에는 즐겁게 노래를 부르며 집으로 갔어요.

활력이는 언제나 순자 곁에 있었어요. 그런데 밤이 되면 활력이는 우울해졌어요. 왜냐하면 순자의 꿈속에서 교복 입은 모습을 자주 보았기 때문이에요. 순자는 시골에서 콩도 심고, 밭도 메고, 묘도 심어 보았어요. 농사일은 생각보다 쉽지 않았어요. 몇 년이 흘러 괜찮을 법도 한데, 참고 견디기가 어려웠어요.

'부산으로 가서 공부를 해야겠어.'라고 순자는 결심을 했어요. 그 때 그는 열다섯 살이었어요. 부산에 있던 셋째 언니와 같이 생활을 하게 되었어요. 그때부터 공부도 하고 일도 했지요. 활력이는 신이 났어요. 피곤한 줄도 모르고, 잠도 자지 않고 공부를 했어요. 어렸을 때부터 몇 년 동안 꿈에 나타났던 일들이 현실이 되었어요.

순자는 초등학교 교사가 되고 싶은 꿈을 키우며 살았어요. 아이들을 좋아하고, 배우며 가르치는 교사가 되고 싶었어요. 순자 안에 활력이가 함께해서 에너지가 넘치고 있었지요.

그리고 순자는, 아이들과 함께 할 수 있는 또 다른 직업인 유아교사가 되었어요. 활력이와 함께 노래하고, 춤도 추며, 동화를 들려주고, 게임도 하며 즐거운 시간을 보내게 되었어요. 활력이와 함께해서 너무 좋았어요.

지금의 순자는 활력이에게 이렇게 말해주었어요.
"활력아! 함께 해줘서 고마워."
그랬더니 활력이는 환한 미소로 답했지요.
"그래, 오래 오래 행복하게 지내자."

독자에게

여러분이 살아 움직이고 있다는 힘을 느꼈던 10대 시절 추억을
육하원칙(누가/언제/어디서/무엇을/어떻게/왜)에 맞추어 낙서하듯
편안하게 써 볼까요?

신뢰
· · · · · · · ·

이번에는 그냥 봐주면 안 될까?

순자는 오늘 생각만 해도 기분이 좋아지는 날이에요. 왜냐고요?
좋은 친구가 올 것 같은 예감이 들었거든요.

"똑똑똑! 안에 계세요?" 상큼한 레몬 향 같은 목소리가 들렸어요.

"누구세요?"라며 순자는 문을 열어보았어요.

"안녕하세요? '신뢰'라고 해요. 들어가도 될까요?"

"아! 네, 들어오세요." 순자는 처음으로 신뢰를 만나게 되었지요.
신뢰를 만난 순자는 기분이 좋아졌어요.

순자는 약속을 하면 꼭 지키려고 노력했어요. 부모님이 심부름을 시킬 때에도 잊어버리지 않도록 기억하려고 했지요. 학교 숙제도 먼저 해 놓고 놀았어요.

어느 날, 순자 엄마는 부산에 살고 있는 둘째 오빠 집에 갔어요. 순자의 조카가 태어난다고 했거든요. 아기는 출산 예정일보다 늦게 태어났어요.

시골 농사일은 시기가 있기 때문에 제때 콩을 심지 않으면 안 되었어요. 순자는 한 번도 콩을 심어보지 않았지만, 엄마가 콩을 심었던 것을 기억하면서 심었어요. 한 달이 지나고 콩은 싹이 나고 잎이 났지요. 순자는 콩밭에 잡초를 뽑고 콩이 잘 자라도록 가꾸었어요.

드디어 순자가 기다리던 엄마가 시골집으로 왔어요, 콩밭에 콩잎은 보기 좋게 자라고 있었어요. 어머니는 온화한 미소로 말했어요.

"아이고 우리 막내 딸, 잘했네. 어찌 요렇게 콩도 심고, 콩밭도 매 놓았노? 기가 막힌다."

엄마의 칭찬에 순자는 천사가 되어 하늘을 날아갈 것만 같았지요.

늦가을이었어요. 순자는 친구들과 산에 나무를 하러 갔어요. 아궁이에 불을 지펴야 방이 따뜻해지거든요. 하지만 초등학교를 졸업한 어린 나이에 산에 가서 나무를 한다는 건 위험한 일이었어요. 아니나 다를까, 순자는 친구들과 이야기를 하면서 나무를 하다가 크게 다치게 되었지요.

병원에 가려면 읍내로 나가야만 했어요. 순자와 엄마와 셋째오빠는 택시를 타고 부랴부랴 읍내병원으로 갔어요. 그때 엄마의 얼굴은 순자가 본 엄마의 얼굴 중에 가장 하얗게 보였어요.

그 시절에는 마취시설이 잘 되어 있지 않아서 순자는 마취도 못한 채 봉합을 했지요. 순자가 소리 내어 울면 사랑하는 엄마의 마음이 더 아플까봐 소리를 지르지 못하고 눈물만 흘릴 뿐이었지요.

순자는 다짐하고 또 다짐했답니다.

그 일 이후로 순자는 신나게 놀지 못하는 것이 싫었고, 콩을 심는 것도 싫었고, 산에 나무를 하러 가는 것도 싫었어요. 순자는 엄마한테 말했어요.

"엄마, 나 부산에 보내줘요."

"안 돼."

"보내주세요. 5일만 놀고 올게요."

"안된다고 했는데 왜 그러노?"

"보내줘요."

순자는 한 달 내내 졸랐어요. 결국 엄마는 허락을 해 주었어요.

"졌다, 졌어. 부산에 갔다 오그래이." 엄마는 3천원을 주시면서 5일만 놀다가 오라고 했지요. 순자는 토끼처럼 팔딱팔딱 뛰어다녔어요. 그런데 부산에 간 순자는 약속을 지키지 않았어요.

순자 안에 살고 있던 신뢰가 말했어요.

"순자야, 약속은 꼭 지켜야 해. 아무리 힘들어도 약속을 지켜."

순자는 조용한 목소리로 말했어요.

"신뢰야, 약속을 지키고 싶지만 부산에 가서 공부를 하고 싶어."

신뢰는 순자의 눈을 지그시 바라보며 말을 이어갔어요.

"약속을 지키지 않으면 나중에 후회할 수도 있어."

순자는 신뢰에게 고개를 끄덕일 수 없었어요.

"신뢰야 미안해. 이번에는 그냥 봐주면 안 될까?"

순자의 마음에 돌덩이 오십 개가 얹혀있는 것처럼 엄마에게 미안

했지요.

그러나 순자는 진. 짜. 공부를 하고 싶었어요.

독자에게 신뢰를 지키기 힘들었던 적이 있었나요? 있었다면 이유도 궁금해요.

_____

_____

_____

우 정
· · · · · · · ·

도와줄게

"우정아, 안녕? 잘 지냈니?"

오랜만에 보게 된 우정을 향해 순자는 반가이 인사를 건넸어요.

우정은 환한 얼굴로 말했어요.

"순자야, 안녕? 오랜만이다. 여기서 만나다니, 반갑다야!"

순자와 우정은 그 이후로 자주 만났어요.

순자는 학교에서 친구들을 만나게 되었지요. 믿음이 가는 미야도 만났고, 웃으면서 상냥하게 말하는 희야도 만났어요. 친하게 지내기를 좋아하는 자야도 있었지요.

어느 날 학교에서 수학여행을 간다고 했어요. 그때부터 순자는 마음이 설레기 시작했지요. 친구들과 같이 놀 생각을 하니 신이 났어요. 순자는 노래 부르는 것을 좋아했지요. 버스 안에서 부를 노래를 준비했어요. 라디오에서 자주 들었던 노래를 버스 안에서 조용히 부르기도 하고 친구들과 조잘조잘 이야기도 하였어요. 석류굴을 지나 설악산에 도착했을 때는 캄캄한 밤이었어요. 방 배정을 받고 한참이 지났지만, 잠이 오지 않았어요. 밤늦게까지 친구들과 이야기를 나누다 겨우 잠이 들었지요.

비룡폭포, 울산바위, 비선대를 친구들과 여행을 하였어요. 우정이도 친구들 사이에 함께 하고 있었지요. 순자가 우정에게 작은 소리로 이야기했어요.

"우정아, 수학여행 재미있지?" 우정이가 손뼉을 치며 말했지요.

"정말 재미있어. 나 수학여행 처음 왔어." 그때 순자의 마음이 울컥했어요. 왜냐하면요, 순자도 수학여행이 처음이었거든요.

함께 있던 언니가 먼 곳으로 이사를 하게 되었어요. 순자는 자취를 해야 했어요. 그때 자야와 춘이는 친척 집에서 학교에 다니고 있었는데, 순자와 같이 자취를 하고 싶다고 하였어요. 세 명은 좁은 골목 안 작은 방 하나에 부엌이 딸린 곳을 얻게 되었지요. 가끔 연탄불이 꺼

져있는 날이면 오들오들 떨면서 잠을 자야 했어요. 김치 한 가지에 밥 한 그릇이었지만 꿀맛이었어요. 세 명의 친구는 많은 이야기를 나누면서 아름다운 추억을 곱게 간직했어요.

학교에서 학생회장을 선출한다는 이야기가 들렸어요. 그때 순자는 반에서 실장을 하고 있었어요. 담임 선생님이 순자를 불러 말씀하셨어요.

"순자야! 학생회장으로 나가봐." 하지만 순자는 작은 목소리로 말했어요.

"선생님, 저는 용기가 없어요." 담임 선생님은 다시 이야기했지요.

"아니야. 넌 친구들과도 잘 지내고, 잘할 수 있을 거야. 해봐. 선생님이 도와줄게!"

순자는 걱정이 되었지만, 학생회장 출마를 했어요. 담임 선생님과 친구들이 도와주었지요. 그리고 순자는 학생회장이 되었어요.

순자는 조용히 우정에게 말했어요.

"우정아. 네가 함께 해줘서 용기가 생겼어. 고마워!"

우정이가 밝게 웃으며 말했지요.

"순자야! 나도 너와 함께 해서 정말 좋아!"

순자는 우정을 가볍게 안아주면서 말했어요.

"우정아! 우리 함께 오래오래 같이 살자!"

그때 순자는 알게 되었어요.

우정은 참으로 멋진 마음이라는 것을요.

독자에게 인생에서 잊지 못할 친구들이 있나요? 이름을 적어보고 친구들을 향한 우정의 마음을 써 보세요.

_____

_____

_____

즐거움
· · · · · · · ·

고민이 있어도 마음이 우울해도

"즐거움아! 안녕? 보고 싶었어."

순자는 즐거움을 만나니 너무 기분이 좋았어요.

"순자야 안녕? 잘 지냈니?" 둘은 서로 부둥켜안고 빙빙 돌았어요.

시골에서든 부산에서든 순자가 마음대로 할 수 있는 일은 얼마 되지 않았어요. 즐거움과 함께 할 수 있는 일은 공부하는 것과 친구를 만나 등산가는 일이었어요.

순자는 산을 좋아했어요. 휴일이 되면 SM산악회와 함께 산으로 등산을 갔어요. 주로 완행열차를 타고 한 시간 정도 되는 거리로 가게 되었어요. 순자는 시골에서 자랐기 때문에 산에 오르는 것이 힘들지 않았어요. 산꼭대기까지 올라간다는 목표도 있었지만, 등산을 하는 사람들끼리 친해져서 하루의 시간을 즐겁게 웃으며 보낼 수 있다는 것이 좋았습니다.

산에서 보는 쪽빛 하늘과 초록빛 나무들이 정겨웠습니다. 즐거움도 순자와 함께 산에 올랐어요.

"순자야! 산에 있으면 행복하니? 아주 즐거워 보여." 즐거움은 순자에게 말했어요. 순자는 즐거움에게 미소와 함께 답했지요.

"즐거움아, 진짜 이 시간이 행복해." 순자는 산에 오르면 아무런 걱정도 없고, 아무도 부러워하지 않아도 되었어요.

산 정상에서 내려오면 세상의 고민 들이 이어졌어요. 이루고 싶은 꿈이 있었거든요. 일을 하면서 공부하기란 쉽지 않았어요. 열심히 한다고 해서 꿈이 다 이루어지는 것이 아니잖아요. 하지만 순자는 하고 싶은 것은 무엇이든 시작해 보았어요. 공무원시험을 준비해보았는데 생각보다 쉽지 않았고, 여자 경찰시험도 만만하지 않았어요.

순자가 아무리 힘들어도 지치지 않는 것은 아이들과 같이 노래하고 춤추며 놀이하는 거였어요. 대학에서 유아교육을 전공하여 피아노를 배우고 율동, 손 유희, 구연동화, 이야기 나누기 등 순자가 좋아하는 것 모두가 전공과목에 있었어요.

대학을 다닐 때에도 일과 공부를 함께 했어요. 유치원에도 근무하고, 미술 학원에도 근무를 하였지요. 순자는 그림 그리는 것을 좋아했어요. 미술 시간만 되면 아픈 기억이 떠올랐어요. 그림을 그리는 미술 시간인데 우리 엄마는 음악, 미술 준비물은 사지 않아도 된다며 크레파스와 스케치북을 사주지 않았어요.

그런데 지금 생각해 보니 어머니는 가난해서 그러셨던 거였어요. 공부만 하면 된다는, 말이 안 되는 이야기가 그때는 있었어요.

순자는 유아 미술 과목 과제를 할 때, 미술에 필요한 재료들을 설레는 마음으로 모두 구입하였지요. 순자는 그림을 그리고 지우고를 반복하면서 밤새워 그림동화를 완성시켰어요. 미술 시간은 순자의 아픔을 위로해 주었답니다. 일과 공부를 같이해야 했으므로 자주 밤샘을 하면서, 노력과 정성을 다하였습니다. 그래도 순자는 즐거움이 친구가 되어 주어 행복했어요.

그 후 순자는 어린이집을 운영하면서 영유아들의 그림으로 공모전에 참여했지요. 아이들의 그림이 공모에 당선되었어요. 순자는 환호성을 지르며 좋아했어요. 그리고 '전선주, 예술이 되다'라는 도시 마을 사업 프로그램에도 유아들의 그림 작품들을 참여시켰어요. 유아들의 그림이 선정되어 우리 동네 전신주에 전시되어 있답니다. 순자는 아이들과 함께 기뻐 뛰며 좋아했어요.

순자는 즐거움에게 이야기했습니다.

"즐거움아! 고민이 있을 때도, 마음이 우울할 때도 떠나지 않고 내 옆에 있어줘서 고마워."

즐거움은 환한 미소로 말했지요.

"응 순자야, 우리 오래 오래 행복하게 살자."

즐거움과 순자는 어깨동무를 하며 길을 걸어갔어요.

꿈
· · · · · · · ·

꼭 다시 만날 수 있을 거야

"안녕? 내 이름은 '꿈'이라고 해."

순자는 꿈이 오기를 기다리고 있었던 것처럼 반갑게 맞이했어요.

"아! 꿈이구나. 기다리고 있었어. 어서와."

순자는 꿈을 좋아하였어요. 그는 사춘기 없이 일도 하고 공부를 하면서 분주한 나날을 지내고 있었지요.

순자는 선생님이 되고 싶었어요. 아주 어릴 적 꿈은 초등학교 선생님이었고 대학 갈 때 꿈은 유치원교사로 바뀌게 되었지요.

순자는 유아교육을 공부하면서 유치원에서 일을 하였어요. 그는 주임선생님 반, 작은 선생님으로 근무하게 되었지요. 순자는 작은 선생님이 되어 유아들과 함께 놀이하고 활동하는 모든 일이 새롭고 재미있었어요.

그러던 어느 날, 주임선생님이 교육청 교육을 가게 되었어요. 순자는 만 5세반 40명의 아이들을 교육해야 했어요. 그때는 유치원에서 한 반 정원이 몇 명인지 몰랐어요. 그는 그동안 배우고 익혔던 것을 기억해서 손 유희와 율동도 하고, 동화와 게임도 하였지요. 오전 수업이 어떻게 끝났는지 훌쩍 지나갔어요. 그 다음에는 점심시간이었어요. 그 시절에는 가정에서 반찬을 가져오고 유치원에서 따뜻한 밥을 해서 점심을 먹었지요. 반찬이 각각 다르니 유아들이 먹고 싶은 반찬을 이야기 하였어요.

"선생님! 불고기 먹고 싶어요."

"선생님! 계란말이 먹고 싶어요."

유아들의 요구를 들어주다 보니 그는 점심 먹을 시간이 없었지요. 유치원에서는 오후 1시 30분이면 아이들이 귀가를 하였어요. 2시간 정도 귀가차량을 동승해서 지도하고 교실로 와서 청소를 했어요. 유치원에서 하루 일과가 끝나고 살며시 부엌으로 갔지요. 남아 있는 밥을 물에 말아서 먹고는 서둘러 학교로 갔습니다.

그 후에도 주임선생님은 교육청 교육을 수시로 가게 되었어요. 그는 유아들을 지도하기에 벅차고 힘이 들었지만, 아이들에게 즐거운 시간을 만들어 주려고 노력하였어요. 이마에 흐르는 땀을 닦으며 활동하였지요. 아이들과 하루 일과를 마치는 시간이 되면 기쁘고 편안해 졌어요.

그 다음해 순자는 미술학원에서 유치부와 초등부를 가르쳤어요. 초등학생은 유치부와 다르게 이야기도 많이 하게 되고 질문도 많았지요.

순자는 어릴 적부터 조카들이 주위에 있었고 또래끼리 뭉쳐서 놀이하는 것을 좋아했어요. 새로운 것을 배우고, 가르쳐 주는 것 자체가 기쁨이었지요. 순자는 유치원 교사로 성장하고 있었습니다.

어느 날, 순자는 가까운 지인과 만나자는 약속을 했어요. 그 곳에는 낯선 한 사람이 있었어요. 그 사람은 고등학교 교사였고, 외모는 보통이었습니다. 그는 시를 쓰고 글을 잘 쓴다고 했지요. 순자는 이야기를 듣다보니 마음이 편안해졌어요. 그리고 자주 만나게 되었어요.

겨울방학이 시작될 무렵 그는 고향으로 가게 되었죠. 그에게서 매일 편지가 왔어요. 그때부터 순자의 마음이 조금씩 흔들리기 시작했어요.

'순자의 꿈은 유치원교사인데 어쩌지?' 순자는 꿈을 놓치지 않으려고 애를 썼지만 마음은 다른 곳으로 가고 있었지요. 그리고 꿈에게서 점점 멀어지게 되었어요.

"꿈아, 미안해. 지금은 그 사람이 너무 좋아." 순자는 고개를 푹 숙였어요. 한참 시간이 흐른 뒤 조용히 말했어요.

"꿈아, 나는 너를 잊지 않을 거야. 알겠지?"
꿈은 아무 말도 하지 않고 서 있었지요.
순자도 꿈과 헤어지기 싫었지만, 꿈에게 손을 흔들었어요.
"안녕, 잘 지내. 꼭 다시 만날 수 있을 거야."

순자는 그 이듬해 그 사람과 결혼을 했답니다.

독자에게

지금이라도 이루고 싶은 꿈이 있나요?

두 번째 이야기,

자유로운

자각
·······

이것이 행복이구나

자각은 일정한 상황에 놓인 자기의 능력, 가치, 의무, 사명 등을 스스로 깨닫는 것이다. 따라서 자각하기 위해서는 자기의 경험이나 행위에 대한 철저한 반성이 필요하다.

- 네이버 지식백과 -

이십대가 된 순자는 앞만 보고 달렸어요. 그러던 어느 날 멈춰 서서 생각을 하게 되었어요.

'나는 사람을 그리워하고 있구나. 일하고 공부하는 것도 좋지만 좋은 사람을 만나서 즐겁게 살아야겠구나.'라고 말이죠. 그 때 일상에서 느끼지 못했던 외로움의 감정이 쑥 들어왔어요.

좋아하는 한 사람을 만나게 되어 안정되고 행복한 가정을 꿈꾸며 결혼을 했지요. 결혼은 이상과 현실이 아주 다른, 작은 사회가 시작되는 곳이었어요. 가정의 울타리 안에서 새로운 규칙들이 만들어 지고 지켜야 할 일들이 많았지요. 순자는 28년 동안 하고 싶은 대로 살고 꿈을 꾸며 성장하였어요.

그런데 결혼을 하고 나니 모든 결정은 남편과 의논을 해야 했지요. 순자는 그때서야 알게 되었어요.

'자아가 강한 사람끼리 만나면 마음을 보듬어주고 이해해주는 것이 부족 할 수 있구나.'

결혼 생활에 익숙하지 않은 시기, 순자네에 아기손님이 찾아왔어요. 임신했을 때 마음이 편하지 않아서일까요? 아기는 태어나면서부터 약하게 태어났고 아동병원에 자주 다녔어요.

그런데 예고 없이 첫아기가 태어난 지 15개월 만에 둘째가 태어났어요. 살림도 잘 하지 못하는 순자는 하루하루가 버겁고 힘든 시간을 보내게 되었어요. 몸도 마음도 너무 지쳐 갔지요.

순자는 '여자는 약하지만 엄마는 강하다.'라는 말을 되새기며 엄마니까 견디고 인내하며 살아냈지요.

　어느 날, 출근하는 남편을 붙들고 말했지요.

　"나 어린이집 하고 싶어. 동의해줘. 아이 잘 키우고 살림도 잘할게."

　"아니, 아이도 어리잖아. 안 돼." 남편은 딱 잘라 거절했어요. 순자는 남편에게 한 달 정도 계속 이야기를 했어요.

　"그럼 한 번 해봐. 그런데 나는 집안 일 못 도와준다. 원망하지 마라." 드디어 남편의 허락이 떨어졌습니다.

　"알겠어. 두 아이도 잘 키우고, 어린이집도 잘 해 볼게."

　1990년 12월, 순자는 어린이집을 시작하게 되었어요. 집에서 살림만 할 때는 숨이 막혔는데 꿈에도 그리던 어린이집 일을 하면서부터는 활력이 넘쳤어요. 어린이집 아이들과 함께 노래하고 춤을 추었어요. 이야기 나누기, 동화도 들려주고 산책도 했지요. 순자의 마음에 무지개가 매일 떴습니다.

　순자는 드디어 꿈을 찾아 함께 지내게 되었어요. 그리고 깨닫게 되었지요.

　'꿈을 멀리하면서까지 안정과 행복을 위해 결혼을 했는데 나에게 좋은 방법이 아니었어. 하고 싶은 일을 하면서 산다는 것이 행복이구나.'

순자는 새벽에 일어나 아이들 점심 반찬을 만들어 놓고, 아침 일찍 출근하는 직장어머니의 아이들과 함께 이른 시간부터 보육을 하였지요. 하루가 어떻게 지나갔는지도 몰랐어요. 순자는 15년 동안 숨 가쁘게 어린이집을 운영하였어요.

순자는 아이들 보육에만 전념하다가 공부를 더 해야겠다고 생각했어요. 유아교육 공부도 계속하고 유아교육 전문가가 되고 싶었어요. 일과 공부를 같이 하다 보니 몸은 고되었지만 늘 기쁨이 가득했습니다. 순자는 아이들과 함께 생활하는 일이 너무 좋고 행복했어요.

순자는 깨닫게 되었어요. 사람은 자기가 좋아하는 일을 하고 살아야 행복하다는 것을요.

독자에게

반성이나 경험을 통해 새롭게 깨닫게 된 삶의 지혜가 있나요?

끈기
· · · · · · · ·

아무 말 없이 고개를 끄덕였어요

"끈기야, 안녕? 잘 지냈니?"

"응 순자야, 만나서 반갑다야."

순자는 끈기와 오래전부터 짝꿍처럼 지내는 사이였어요. 부산에 처음 왔을 때부터 끈기는 순자와 늘 같이 다녔지요.

순자는 결혼 후 아람이와 한솔이 두 아들을 낳았어요. 두 아이는 타 유아교육기관에 보내고 순자는 어린이집 운영에 전념했지요. 이른 아침부터 아이들을 맞이해서 재미있고 즐겁게 활동을 하다보면 어느새 하루가 금방 지나갔어요.

어린이집 아이들은 점차 인원이 늘어 갔어요. 순자는 보육선생님과 함께 아이들을 보육했어요. 1990년대에 작은 어린이집 운영은 지금처럼 조리사와 운전기사가 따로 있지 않았어요. 순자는 급식과 간식준비도 하고, 차량운행도 해야만 했지요. 그리고 밤이 늦도록 아이들에게 들려줄 동화도 만들고, 자료들도 준비했어요.

어느 날 교실에서 아이들이 놀이하다가 물이 들어있는 큰 주전자를 쏟는 일이 벌어졌어요. 지금은 각 교실에 정수기가 설치되어 있지만 그 시절에는 어린이집 환경이 그렇지 못했거든요.

'만약 뜨거운 물이었다면 어떤 일이 벌어졌을까?'를 생각하니 순자의 머릿속이 하얗게 되었어요. 다행히 끓인 물을 식혀두었던 터라 아이들이 화상을 입는 일은 일어나지 않았지만 그때부터 안전에 대해 더 민감하고 세심하게 마음을 썼답니다.

그날 아이들은 교실 바닥 가득 물이 흘러 있으니 손으로 첨벙거리기도 하고, 하하 호호 웃기도 하였어요. 그러나 순자는 물을 닦아내느라 그 날 점심을 먹지 못했답니다.

순자는 조금 어려워도 조리사와 아이들을 안전하게 등하원해 주실

운전기사를 채용하게 되었어요.

　영유아들과 함께 놀이하고 교육하는 것은 좋아서 하는 일이고 신이 났지만 선생님들을 관리하는 일이 쉽지 않았어요. 선생님마다 생각이 다 다르기 때문이지요.

　'어떻게 하면 교사들을 도와줄 수 있을까?'

　'어떻게 하면 마음이 하나 되어 협력할 수 있을까?'

　순자에게는 풀어야 할 숙제가 생겼어요.

　순자는 마음성장이 필요했어요. 교사들과 학부모의 생각이 다름을 인정하고 충분히 수용할 수 있는 리더십이 말이에요. 순자는 교사들과 학부모가 필요로 하는 것이 무엇인지 이해하고 도와줄 수 있는 일에 대해 고민하면서 답을 찾기 위해 노력했습니다.

　시행착오도 있었고 에너지가 소진되기도 했지만, 교사교육과 부모교육 공부를 위해 부산과 대구를 오가며 좋은 교육을 받기 시작했어요.

　순자는 끈기에게 말했지요.

　"끈기야! 이럴 때는 어떻게 하면 좋을까? 나 많이 힘들어."

　끈기는 잠잠히 순자의 이야기를 듣고 있었어요.

　"끈기야, 그래도 네가 함께해줘서 고마워."

끈기는 아무 말 없이 고개를 끄덕였어요.

'이것 또한 지나가리라.'
순자는 끈기와 함께 손을 잡고 먼 하늘을 바라보았습니다.

독자에게

'끈기'가 친구라면, 끈기는 지금 당신에게 무어라 말해줄 것 같
나요?

책임감
· · · · · · · ·

잠시 울컥하였습니다

하루 일과 중 순자에게 제일 어려운 일은 무얼까요?

부엌에 들어가 가족들을 위해 식사를 준비하는 것이랍니다. 아이가 어릴 때는 엄마라는 책임감으로 어렵고 힘들어도 부엌에서 음식을 만들었지요. 왜냐하면 아이들은 무엇이든 잘 먹어야 건강하게 성장할 수 있기 때문이에요.

순자는 아이들과 남편이 음식을 맛있게 먹어주기만 해도 감사하다고 생각했는데, 그렇지 못할 때는 감정노동이 되기도 하였지요. 마음한 곳에서 엄마와 아내의 일을 다 하지 못한다는 미안함이 쌓여갔어요. 음식솜씨가 부족한 것 같아 자책을 하곤 하였답니다.

이런 고민도 어린이집에 출근하면 하얗게 잊어버릴 수 있었어요. 영유아들에게는 한 순간도 눈을 뗄 수 없기 때문에 시간이 얼마나 빠르게 지나가는지 모른답니다. 순자는 아이들과 함께 있을 때 즐겁고 흥미진진합니다. 아이들의 놀이하는 모습만 보아도 기쁘고 행복했어요. 몸과 마음이 쑥쑥 자라는 아이들이 대견해 보이기도 했고요.

어린이집 운영이 어렵고 불안했던 시기가 있었습니다. 아동학대 문제였지요. 아이의 감정조절이 안 되는 경우, 책임을 맡은 원장은 답답하고 마음이 힘들어집니다. 순자는 아동학대가 가정에서나 어린이집에서 일어나지 않도록 아동학대 예방교육을 강화시켰습니다.

줌을 통한 부모교육, 일대일 부모교육, 키즈 노트 알림부모교육과 카드뉴스부모교육 등으로 소통을 하게 되었어요. 교직원들에게도 상시적 줌 교사교육, 대면교사교육, 경력교사교육과 영아전담교육, 영아체조 교육 등을 하였지요. 학부모와 교직원도 한마음으로 아동학대 예방교육에 동참하여 안전하고 서로 신뢰를 하는 생활이 지속되었어요.

불안한 마음이 사라지고 다시 밝고 활기찬 생활이 이루어졌습니다. 어린이집에 대한 긍정적인 소문이 나고 학부모의 추천으로 입소

대기도 늘어나게 되었습니다.

　하루하루 최선을 다하여 어린이집을 운영하여도 가끔 학부모와 교사관계에서 소통의 부재가 생깁니다. 소통의 부재는 심각한 논쟁이 되거나 오해가 되기도 했어요. 이럴 때 원장은 최대 위기의 시간이며 책임감이 극대화됩니다. 빠르게 해결하는 것이 우선이므로 원장의 자존심은 완전 내려놓습니다. 저녁시간 가정을 방문하여 상세한 상담을 하고, 진정성 있는 대화로 해결을 하지요.

　또한 또래 아이들끼리 재미있게 놀이를 하다가도 서로 가지고 싶은 장난감을 뺏으려다 다툼이 일어나는 경우가 있습니다. 이 때 자기의 생각대로 안 되는 경우 친구의 손등을 치아로 물어버리기도 해요. 아주 작은 상처라 할지라도 부모 입장에서는 너무 속상한 일이 됩니다. 충분한 설명과 사과의 말씀을 전하고, 치료를 함께 합니다. 이렇게 위기의 순간에는 스트레스도 높아져요. 그리고 담임교사와 원장은 고개를 들 수 없을 만큼 큰 책임감을 느끼게 됩니다.

　지금은 안전교육을 자주하고 전체 교직원들이 단체 안전교육을 받고 있습니다. 안전교육을 철저하게 받고 난 후에는 안전사고가 많이 줄어들게 되었지요.

　어느 날, 순자는 길을 가다가 책임감을 만나게 되었어요.

"책임감아, 안녕? 너무 오랜만이지?"

"응! 순자야. 오랜만이네. 뭐하고 지냈니?"

순자는 책임감을 만나 잠시, 울컥하였습니다.

"책임감아, 나는 가끔 너무 놀라서 머릿속이 하얗게 돼버려."

"아, 그랬구나. 그때 많이 힘들었지?"

순자는 고개를 끄덕거렸어요. 책임감이 건네는 위로와 공감의 말에 또 한 번 울컥했어요.

순자는 책임감과 악수를 한 후, 책임감의 손등을 토닥토닥 해주었답니다.

책임감도 순자의 어깨를 토닥여 주었지요.

독자에게

여러분도 삶을 살아가다가 책임감 때문에 힘든 적이 있었나요?

긍정

· · · · · · · ·

네가 옆에 있어서

통제할 수 없는 외부 원인만 탓할 때

우리는 아무것도 못 하고 아무것도 배우지 못합니다.

- 수잔 에쉬포드 -

배우기를 중단하지 않고 자기 성장을 이루고자 하는 사람에게 부정적인 감정을 통제하는 일은 중요한 일이지요.

순자는 배우기를 좋아하고 도전하기를 좋아합니다. 그러다 보니 실패도 많이 했었답니다. 20대 초반에는 직장에 다니면서 행정공무원시험을 쳤고, 여자 경찰 시험을 쳐 보기도 했습니다. 공무원시험은 생각보다 쉽지 않았습니다. 몇 번이나 시험을 응시했는데 합격통지를 받지 못했어요. 그래도 순자는 실망하지 않고 '나에게 분명 더 좋은 길이 있을 거야.'라고 생각을 했습니다.

'순자야, 괜찮아, 안될 때는 이유가 있어. 다른 것을 해보면 돼.'
순자는 자신의 마음을 돌아본 후 대학을 가기로 했어요. 일과 공부를 함께하는 것이 어려웠지만 최선을 다했지요.
'하면 된다. 할 수 있다.'
순자는 긍정의 마음으로 유아교육과를 가게 되었고 유치원 교사와 미술학원 교사를 했어요. 그리고 결혼 후 어린이집을 시작해서 지금까지 운영하고 있답니다.

순자는 긍정을 좋아해요. 일이 꼬여서 안 풀릴 때, 문제를 바로 해결하려고 하니 걱정과 스트레스가 높아진다는 것을 알았어요. 그래서 순자는 그 문제를 하루나 이틀 정도 지나서 다시 생각해 보고 해결책을 찾아보아요. 문제를 긍정적인 시선으로 바라보면 어느 순간 문제가 순순히 해결되는 것을 경험하게 되었어요.

순자는 자신을 믿고, 친구를 믿고 가족을 믿습니다. 함께 일하는 교직원을 믿고 학부모님을 믿고 아이들도 믿지요. 그래서 즐겁고 기쁜 마음으로 하루하루를 살아냅니다.

순자는 좋은 관리자가 되는 방법 중에서 70%는 시행착오를 겪으면서 경험으로 알게 되었고, 20%는 멘토나 동료에게서 배웠다고 해요. 10%는 책이나 학교 수업 등 책상에서 배운 방법이고요.

훌륭한 리더가 되는 길 중에서 교육은 참으로 중요하지요. 하지만 어떤 부분에서 배움이 필요한지 정확하게 아는 것이 더 중요해요. 순자에게 긍정의 마음이 자랄 수 있었던 이유는 자신에게 필요한 부분이 무엇인지 알고 배움을 실천한 덕분이라고 생각해요.

지혜와 성실함, 정성과 사랑으로 교육자로서 사명을 다하고자 하는 노력이 긍정의 씨앗이 되어준 것 같아요.

'할 수 있어. 하면 돼. 해낼 수 있어.'

순자는 스스로에게 수없이 말을 건네며 지내왔어요. 그리고 하고 싶은 일은 도전을 해 봅니다. 순자에게는 긍정이라는 좋은 친구가 있으니까요. 그래서 순자는 긍정이에게 고맙고 감사한 마음이 가득했습니다.

"긍정아! 나와 함께 해줘서 고마워. 네가 옆에 있어서 힘이 났어.

사랑해!"

순자와 평생 함께할 긍정 덕분에 오늘도 힘을 낼 수 있답니다.

독자에게 도저히 긍정의 마음을 선택할 수 없을 때 여러분은 어떻게 하나요?

호기심
·······

손을 잡고 걸었어요

호기심이란 자신이 모르는 것을 알고자 하거나, 새롭고 신기한 것에 대해 관심이 있고 좋아하는 마음입니다. - 네이버 국어사전 -

순자는 호기심이 많습니다. 하고 싶은 것도 많고, 신기하고 놀라운 것을 보면 궁금해서 지나치지 않거든요. 모르는 것에 대한 지식 호기심과 훌륭한 사람들의 삶에 대한 호기심도 가지고 있답니다. 왜냐하면 순자는 훌륭한 사람이 되고 싶고, 자신이 하는 일에 대해 성공하고 싶기 때문이에요.

그래서 순자는 하루를 계획하고 일주일과 한 달 계획을 세워요. 계획대로 안 되는 부분도 있지만, 노력하며 삶을 살아가지요. 아침 루틴을 정하고 매일 실행하고 있어요.

순자가 직장생활을 할 때였어요. 신문에 한자가 많아서 잘 읽을 수가 없었지요. 순자는 여러 궁리 끝에 한문을 가르쳐 주는 곳을 찾아서 한문을 배웠어요. 이제는 신문 보는데 불편함이 없어졌어요.

그리고 순자는 옷에 대한 호기심이 많았지요. '어떻게 하면 내 손으로 옷을 만들어 입을 수 있을까?'라는 생각을 하며 양재학원을 찾아 다녔어요. 그곳에서 옷에 대한 것을 배웠습니다. 재단과 재봉, 디자인과 연구까지 말이지요. 스스로 난방이나 바지, 스커트를 직접 만들 수 있게 되었어요. 친구 생일에 옷을 만들어서 선물한 적도 있었답니다.

하지만 순자는 한문, 꽃꽂이, 옷 만들기 등 다양한 것을 취미처럼 배웠지만 평생 하고 싶지는 않았어요.

일하는 것이 즐겁고 하고 싶은 일을 한다는 것이 큰 복이라 생각한 순자는 하고 싶고 좋아하는 일을 찾게 되었지요. 바로 아이들과 함께 하는 것이었어요.

순자는 어릴 때부터 아이들을 좋아했었고, 지금도 아이들과 함께

하는 어린이집을 운영하고 있는 것은 순자에게 최고의 행복입니다.

순자는 아이들과 동요를 부를 때 음정과 박자를 맞춰서 손뼉을 치거나 리듬에 맞춰 춤을 출 때 즐거움을 느낀답니다. 아이들과 게임을 할 때도 활력이 넘치지요.

자기가 하는 일 중에서 으뜸이 되려면 배움을 놓지 않고 연구하는 사람이 되어야 한다고 생각했어요. 그래서 순자는 유아교육과 부모교육에 대해 배움을 지속하게 되었습니다. 대학에서 10년 동안 강의를 하고, 이론과 유아교육기관 현장이야기도 아우르는 교육자가 될 수 있었어요.

호기심은 순자를 즐겁게 했어요. 그리고 호기심은 순자의 꿈을 찾아 주었습니다.

"호기심아, 안녕? 만나서 반가워."

"순자야, 보고 싶었어!"

"나에게 많은 배움을 선물해 준 호기심 너는 참 좋은 친구야."

"음. 하나님께서 너에게 허락해 주신 선물 중 하나, 바로 내가 아닐까?"

"이야, 호기심아! 넌 지혜롭기도 하구나. 늘 함께해 주고 깨달음을 주어 고마워."

순자는 호기심의 손을 잡고 걸었어요.

둘은 시원한 바람이 불어오는 길을 한참동안 걸었답니다.

독자에게

여러분은 어떤 분야에 호기심을 가지고 있나요?

....

....

....

세 번째 이야기,

익어가는

감 사
· · · · · · · ·

선물 가득

순자는 결혼 후 연년생 아들을 키우며 집안일까지, 그 어느 때보다 힘든 시기를 지나고 있었지요.

어느 날, 40대 정도로 되어 보이는 이웃분이 순자에게 다가와 친절을 베풀어 주시고 지나온 일들을 이야기해 주셨어요. 그때 그 이웃분의 따뜻한 위로와 섬김의 사랑은 지금까지도 잊지 못할 기억으로 남아있습니다. 이웃분도 넉넉한 살림은 아니었는데, 작은 것도 나누어 주시는 마음이 순자에게 힘이 되었답니다.

지쳐 있던 순자는, 무엇이든 시작해봐야겠다는 용기가 생겼습니다. 그때부터 조금이라도 시간이 될 때마다 책 읽기를 시작했지요. 이웃의 따뜻한 위로의 말 한마디가 쓰러질 것 같은 삶을 세우기도 한다는 것을 알게 되기도 했어요.

아이들이 청소년이 될 때까지 이웃사촌으로 섬겨 주셨던 그분은 서울로 이사를 가게 되었어요. 이제 자주 뵙지는 못하지만 마음은 늘 따뜻한 사랑으로 남아있지요. 순자는 생각해 보았습니다.

'내가 이웃사랑을 많이 받으며 살았구나. 지금도 이웃 사람의 위로를 받으며 살지만 나도 누군가를 도와줄 수 있는 사람이 되어야겠어.'

순자는 힘겨워 하는 사람들을 그냥 지나치지 않고 마음을 위로하고 함께해 주려고 해요. 선한 마음으로 산다는 것이 기쁨이고 감사입니다. 이웃을 돌아볼 수 있는 마음은 아름다움입니다. 도움이 필요한 사람이 눈에 들어온다는 것은 사랑입니다. 순자는 이웃에게 사랑을 나누어야겠다는 다짐을 했습니다.

어느 날 저녁, 119에서 전화가 왔어요.

언니가 길거리에서 쓰러져 병원에 있다고 했습니다. 언니에게는 두 조카가 있지만 타지에 있기 때문에 동생인 순자가 언니의 보호자가 되어 주어야 했어요. 순자는 하던 일을 멈추고 병원으로 달려갔습니다.

언니는 어려운 일이 있고 난 후 여러 번 쓰러지기고 하고 다치기도 했어요. 순자는 그때마다 달려가 언니를 돌보고 함께 해 주었어요. 언니는 순자와 가까운 곳으로 이사 와서 시간이 날 때마다 함께 공원에 가고 차를 마시기도 합니다. 작은 행복이 찾아오게 되었어요. 순자가 어릴 때는 언니가 순자를 오래도록 함께 해주고 도와주었는데, 이제는 순자가 언니를 도와 줄 수 있어서 감사합니다.

감사는 순자에게 기쁘고 행복한 마음을 선물로 안겨 주었어요.
받는 사람이 친절에 대한 고마움을 느끼는 감정, '감사'입니다.

독자에게

여러분에게 감사의 감정을 준 사람은 누구인가요?
여러분에게 감사의 감정을 느끼고 있을 사람은 누구일까요?

기 여

. . . .

가치 있는 일

    순자가 작은 규모로 어린이집 운영을 시작했어요. 건물의 크기와 상관없이 종일 바쁜 일과 속에서 지내야 했지요. 지금도 1년에 한 번씩 구청에서 지도점검을 오지만 그 당시에도 마찬가지였어요. 점검을 와서 이것저것 잘 하라고 지도를 하고 갔지요. 그런데 마음이 얼마나 불안하고 떨리는지 지금 생각해보니 회계부분이 가장 어려웠던 것 같아요. 그 후 회계 교육 때마다 신청을 해서 계속 반복해서 교육을 받았어요. 그러다 보니 생소한 단어도 익숙하게 되고 점검받을 때에도 마음이 편안해 졌어요.

평가인증을 받을 때에도 어려움이 있었지요. 아마 그때에는 체계적인 서류준비가 되어있지 않아서 불안했던 것 같아요.

30대에 어린이집을 시작해서 열정과 땀으로 일과를 보내고 저녁에는 두 아들을 챙겨야 했습니다. 어린이집 아이들의 숫자가 점점 늘어나면서 지금 운영하고 있는 곳으로 이전을 하였지요.

어린이집을 내실 있게 운영하려면 부모님과 상담을 잘해야 하고 행정서류정리도 잘 해야 했어요. 순자는 40대가 되어서도 부족한 부분을 채우기 위해 다시 학교에 가서 배워야 했지요.

2011년 7월, 국가에서 공공형 어린이집을 선정한다는 공문을 받았어요. 순자는 그때부터 준비해서 바로 공공형 어린이집으로 선정이 되었어요. 공공형 어린이집은 국가에서 운영비를 지원해 준답니다. 그리고 양질의 보육을 영유아에게 제공하도록 우수 보육 인프라로써 기능할 수 있도록 하는 제도에요. 순자는 맞벌이하는 부모의 자녀와 일반 영유아들에게 안정적인 보육환경을 마련하고 질 높은 상호작용을 하도록 노력했어요.

원장교육과 교사 재교육으로 교사들의 자질이 향상되었고 아이들에게 즐겁고 재미있는 활동을 끊임없이 제공해 주었지요.

보육 교직원들의 자신감과 자존감이 높아지고 전문성도 강화되어 학부모의 신뢰와 만족도가 높아졌어요. 다양한 프로그램과 보육 정보를 서로 교류하여 연합회 원장님들과 같이 보육 발전에도 기여하였답니다.

순자는 하루 일과를 끝내고 구청 평생교육원에서 실시하는 부모교육과 조부모교육 강사로 봉사하기도 했지요.

열심히 배워서 이웃을 위해 봉사하는 것, 순자에게 참으로 기쁜 일이랍니다. 사회가 필요로 하는 사람이 되어 도움을 줄 수 있다는 것은 가치 있는 일이었어요.

순자가 좋아하는 일을 찾아 인생을 가꾸어 가고, 거기서 멈추는 것이 아니라 늘 배움을 선택하는 모습이 보기 좋아요. 게다가 자신의 장점을 살려 사람들에게 도움을 선물로 주고 있으니, 잘 살고 있다 말해줄 만하죠?

기여하는 삶은 이렇게 빛이 납니다.

독자에게

여러분은 누구에게 어떤 것을 '기여'해 보았나요?

배 려
. . . .

따스한 선택

순자가 어린이집을 운영할 때 일입니다.

어느 날 젊은 부부가 여자 아이 두 명을 데리고 와서 입학상담을 했어요. 그다음 날부터 어린이집에 등원을 했지요. 아이의 부모는 직장생활로 이른 아침에 아이들을 등원시켜 놓고 출근을 했어요. 두 아이는 어린이집에서 웃고 장난도 치면서 잘 지내는 줄 알았지요.

그런데 언니 순이가 동생이 가지고 놀던 장난감을 빼앗아 가는 일이 있었어요. 동생 연이의 울음을 달래보려고 안아주었지만 소용없었어요. 어린이집 건물이 떠나갈 정도의 울음소리였습니다.

연이의 어머니는 그날도 늦게 퇴근하는 날이었어요. 다른 선생님들이 퇴근하고 난 후 순자는 두 아이를 돌보고 있었어요. 그리고 생각했어요. '아이들의 울음을 달래주기보다 옆에서 재미있게 놀아야겠다.'라고요.

순자는 언니 순이랑 신나게 놀이를 했어요. 동생 연이는 어느새 울음을 그치고 옆에 와서 놀고 있는 모습을 보고 있었어요. 무슨 놀이를 이렇게 재미있게 하는지 궁금했던 것 같아요.

그다음 날부터 순자는 연이가 즐겁고 재미있는 이야기와 놀이를 하도록 도와주었지요. 아마도 연이는 울음으로 관심 끌기를 했던 것 같아요.

순자는 순이와 연이가 어린이집에서 즐겁게 활동할 수 있으려면 어떻게 해야 좋을지 교사들과 논의를 했지요.

어린이집 선생님들은 교사회의를 통해 순이와 연이를 만났을 때 칭찬할 것을 찾아서 칭찬해주기를 실천했지요.

"우와! 순이가 동생하고 손을 잡고 오는 모습이 정말 멋지네."

"연이가 언니랑 같이 놀이하는 모습이 좋아 보여."

"순이가 다른 친구를 도와주는 모습이 자랑스럽구나."

선생님들은 순이와 연이를 만날 때마다 칭찬을 해 주셨어요. 연이의 울음이 차츰 사라지고 아이들 얼굴에 웃음꽃이 피기 시작했어요. 또래

와도 활발하게 놀이하고 자매끼리도 즐겁게 지내는 모습이었어요.

'칭찬은 고래도 춤추게 한다.'

영유아들은 인정받고 칭찬 받으면 기분이 좋아지고 자존감이 올라가서 자주 웃고 즐겁게 활동을 하게 된다는 것을 다시금 알게 되는 일이였어요.

순자는 순이와 연이 어머니를 만나서 자주 상담도 하고 이야기를 나눴어요. 두 자매를 키우면서 어려웠던 일, 직장생활하면서 보람되었던 일 등에 대해서 말이에요.

아이들의 이야기를 끝까지 들어주고 인정하고 칭찬하는 일을 같이 하도록 하였지요. 아이에게 충분한 사랑과 욕구를 충족시켜 주는 것은 어른의 따뜻한 배려이지요.

순자는 아이들도 잘 살펴보아야 하지만 아이의 부모님 또한 잘 살펴보고 도움이 필요할 때 도와 드릴 수 있도록 노력했어요.

순이와 연이의 부모님 이야기를 들어보았어요. 20대 초 생각하지 못했을 때 아기를 갖게 되었고 출산을 하여 부모가 되었다고 했어요. 양쪽 어른들의 도움을 받지 못하고 아이들을 양육하면서 직장까지 다니게 되었으니 많은 어려움이 있었던 것 같아요.

아이끼리 싸우다 울면 부드럽게 달래주기보다 운다고 야단을 쳤다고 해요.

아이들은 엄마 아빠에게 인정받고 사랑받기 위해 더 많이 더 크게 울었던 것 같습니다. 순자는 아이들의 부모님을 도와 드리고, 아이들을 잘 보살펴 주어야겠다고 다짐했습니다.

순자는 자신이 좋아하는 일을 하며, '배려'라는 좋은 친구를 사귀고 배우게 되어 기뻤어요. 순자가 선택한 배려가 아이들 그리고 부모들에게 선한 결과로 나타나리라 믿어요.

"배려야! 나에게 와 주어서 고마워."

"응! 순자야. 나도 너랑 같이 있게 되어 기뻐."

"우리 오래오래 같이 지내자."

독자에게

지금, 여러분의 배려가 필요한 사람은 누구인가요?

그 사람에게 어떻게 배려를 보여줄 수 있을까요?

격 려
· · · · · · · ·

격고 보니

"여보, 너무 아파서 움직일 수도 없어."

"왜? 다이어트 한다고 밥도 안 먹더니 배가 아픈 거야?"

자주 아픈 것도 아니고 어쩌다 아프다고 했는데…. 순자는 남편의 말을 듣고 서운한 마음이 들었지만 아무 말도 하지 않고 며칠을 참고 견디었어요.

배는 계속 아파왔어요.

가까운 내과에 전화를 했더니 금식 하고 와야 검사를 할 수 있다고 하였지요. 주말 동안 집에서 지내는데 꼼짝도 할 수 없을 지경이었어요. 순자는 월요일 아침 금식을 하고 일찍 병원으로 갔어요. 여러 가지 검사를 하고 난 후 기다렸더니 검사결과가 나왔어요.

병원 원장선생님은 대학병원으로 가서 치료하라고 했어요. 순자는 불안한 마음이 들었지요. 대학병원에 예약 없이 갔더니 계속 기다려야만 했어요. 오후 5시까지도 전문 의사 선생님을 만날 수 없었고 급기야 응급실로 가라고 했어요. 응급실에는 심각하게 아픈 사람들이 계속 119 구급차에 실려서 들어 왔어요. 순자는 하루 종일 아무런 조치 없이 기다리기만 하다가 집으로 오게 되었지요. 치료도 받지 않았는데 왠지 덜 아픈 것 같아 책상에 앉아서 컴퓨터를 하고 있었어요.

남편은 계속 아프다던 사람이 아무 말 없이 앉아 있으니 더 불안했던 모양이에요. 남편의 직장동료 처남이 내과 전문의사라서 특별히 부탁을 해 검사를 받을 수 있었습니다. 순자의 남편이 먼저 검사결과를 알게 되었어요. 차 열쇠만 챙겨서 빨리 대학병원 응급실로 가라고 했답니다.

운전하는 남편의 손이 떨리고 있었지요.

"왜 손을 떨고 있어?"

"아니야, 안 떨어."

양산부산대병원 응급실에 가서 절차를 밟고 피 검사를 했어요. 그리고 바로 중환자실로 가게 되었지요. 순자는 아무 영문도 모른 채

눈을 감고 있었지요. 중환자실에서 30분 정도 지나고 눈을 떠 보니 10개가 넘는 링거가 몸에 달려있지 않겠어요? 순자는 직감적으로 느끼는 게 있었어요.

'내 몸이 심각하구나.'

남편은 아무 말 없이 옆에 서서 지켜보기만 했지요. 순자도 걱정이 되었어요. 그날 저녁 여러 가지 검사를 하고 누워 있었습니다. 걱정한다고 지금 해결될 일도 아닌데 가능한 긍정적으로 생각하고 푹 쉬려는 마음으로 있었지요.

다음 날 오후 6시경 담당전문의가 이야기 했어요.

"환자분, 이제 살았습니다. 다행입니다. 잘 이겨냈어요."

"선생님, 제가 어떤 사항이었어요?"

"염증 수치가 너무 높아서 아주 위험했어요."

무슨 일인지 상세하게 여쭤보았지요. 순자의 배 안 담낭에 돌이 있었는데 그 돌의 일부가 깨져서 내려오다가 췌장과 간 그리고 담낭의 소화액이 내려오는 관이 막혀서 염증 수치가 급속도로 높아졌다는 이야기였어요. 염증 수치가 너무 높으면 사망할 수도 있다고 하였죠. 병원에서 계속 링거를 맞았는데 다행히 막혀있던 돌이 씻겨 내려갔다고 했어요.

어려운 일을 잘 견디고 살았다고 하니 순자는 몸도 마음도 새로

태어난 기분이었지요. 죽을 수도 있었는데 살았으니 지금보다 더 알차고 가치 있게 살아야겠다는 다짐도 했어요.

순자는 병원에서 5일 입원하고 퇴원을 했지만, 담낭에 돌이 너무 커서 3개월 후 담낭제거 시술을 받았습니다. 담낭제거 시술 후 많은 변화가 찾아왔지요. 순자는 걱정하고 염려했던 부분을 많이 내려놓기로 다짐했어요. 그리고 세상일에 연연하지 않고 바르고 가치 있게 살기로 마음먹었어요.

병원에 입원했을 동안 친구들의 위로와 격려가 그렇게 고마울 수가 없었지요. 가족들의 사랑은 눈물 나도록 감사하고 힘이 되었어요.

어렵고 힘든 일을 겪고 보니, 몸과 마음이 연약한 사람들을 돕는 일은 아주 중요하고 가치 있는 일이라는 걸 알게 되었어요. 순자는 외로운 사람에게 시간을 내어 함께 해주고, 힘겨워 울고 있는 사람에게 함께 울어주는 사람이 되려고 합니다.

용기나 의욕이 다시 솟아나도록 북돋워 주는 격려, 그렇게 순자는 또 인생의 참뜻을 알아갔습니다.

"격려야! 나에게 와주어서 정말 고마워."

"나도 순자랑 같이 지내게 되어 기뻐."

독
자
에
게

누군가에게 잊지 못할 격려를 받아본 적이 있나요?

진정성
········

침묵과 대화 사이

순자는 아이들과 함께 하는 활동을 좋아하고, 사람들을 만나서 함께 일할 수 있는 것을 즐깁니다. 어려운 일이 있으면 그냥 지나치지 않고, 그 원인을 찾아보기도 하죠. 어린이집 부모와 교사 관계에서 어려움이 있으면 꾸준히 배우고 실천하기도 합니다. 관계가 금방 좋아지지는 않더라도 계속 진정성을 가지고 노력하다 보면 차츰 좋아지는 것을 느끼게 되지요.

아이들 그리고 교사의 기질과 성품에 대해서도 이해하고 배우고 있지요. 부모, 자녀의 관계 속에서도 서로의 자부심과 자존감을 높여

주는 말과 행동이 무엇보다 중요하기 때문이에요. 순자는 어린이집 아이들의 행복을 위해 배우고 실천하는 것이 기쁨이랍니다.

둘째 아들 한솔이가 대학을 다닐 때 일이었어요. 아침이 되었는데도 한솔이는 일어나지 않았어요. 순자는 아침에 출근을 했다가 걱정이 되어 다시 집으로 왔지요. 한솔이는 그때까지 일어나지 않고 누워 있었어요. 이불을 들추어 보니 아이 얼굴이 퉁퉁 부어 있었어요. 밤새도록 아팠을 텐데 말도 하지 않고 참고만 있었던 아들을 생각하니 눈물이 났어요.

바로 병원으로 갔지요. 무슨 일이 있었는지 묻지 않았어요.

"얼마나 아팠니? 엄마한테 아프다고 말이라도 하지 그랬어."

한솔이는 아무 대답이 없었어요. 그리고 병원에서 치료를 받고 입원을 했지요.

자녀가 아프면 엄마 마음이 더 아프잖아요. 어디에 하소연을 할 수도 없고 답답했어요. 자녀가 성장하면서 이런 일 저런 일이 생길수도 있지만 이번일은 참고 넘어가기가 어려웠지요. '그래도 더 크게 다치지 않은 것에 감사하자.'라고 다짐하면서 마음을 꾹꾹 눌러 견디고 버텼지요. 한솔이는 턱뼈가 골절되어 한 달 동안 음식을 씹지도 못하게 되었고, 빨대 컵으로 겨우 음식을 먹었어요. 아무리 어려운 일이 있더라도 '이것 또한 지나가리라.'고 했지요. 순자는 스스로 마음을 진정시키고 아픈 기억으로 남겨 두었습니다.

자녀양육의 어려움을 겪는 부모들을 가끔 만나게 됩니다.

"우리 아이가 밥을 잘 안 먹어요.", "말을 잘 안 들어요.", "고집부리고 떼를 써요."

순자는 진심을 담아 부모에게 이야기 합니다.

"아이들과 함께 편안한 마음으로 지내기 위해서는 세 가지가 필요합니다. 먼저 아이에게 하루에 세 번씩 칭찬해주세요. 1세까지는 칭찬할 것이 너무 많지요? 2세가 되면 자아 중심적이고 본인이 하고 싶은 대로 행동하게 되니 어려움이 나타나기도 합니다. 그래도 칭찬할 것을 찾아서 해주는 것이 좋습니다.

둘째, 부모가 먼저 감사하는 마음을 갖고 고맙다고 표현해 주세요. 작은 일에도 고맙다고 표현하면 자녀는 자연스럽게 하게 됩니다. 셋째, 아이를 조건 없이 인정해주세요. 인정은 긍정적 존중이라고도 하지요. 영유아들은 인정받고 싶은 욕구가 강하기 때문에 응원하고 지지하면 아이들은 신이 나서 더 잘 하려고 합니다."

그리고 순자는 가끔씩 부모에게 질문을 합니다.

"사랑이 부모님, 요즘 궁금한 부분은 없으세요?", "우리 사랑이는 집에서 어떻게 지내요?" 자연스럽게 이야기가 시작되어 부모의 마음을 읽어드리지요.

이해하고

배우고

때로는 침묵을 선택하는 것.

그리고 가르침과 질문을 적절히 표현하는 것.

순자에게 있어 진정성이란 이러한 것들이랍니다.

독자에게

진정성을 가지고 말하고 행동할 때 어떤 일이 일어났나요?

_____

_____

_____

네 번째 이야기,

감사한

성 찰
· · · · · · · ·

변화와 성장을 위해

순자는 직장생활을 하면서 공무원 시험공부를 한 적이 있어요. 일
년 정도 공부를 해보았지만 합격할 가능성이 희박하다는 판단을 하
게 되었지요. 공무원 공부를 접고 대학에서 유아교육을 전공하여 지
금까지 어린이집을 운영하고 있어요.

어느 날 교사가 친정집에 일이 있어서 가야 한다고 일찍 퇴근하게
해 달라고 하였지요.
며칠 전에 미리 이야기한 것도 아니고, 당장 일찍 퇴근해 달라고

하니 난감했어요.

"선생님, 퇴근하고 가면 안 될까요?" 나의 말에 교사는 업무를 마치고 친정집으로 가겠다고 했지요.

그런데 친정집이 시골이라 차가 끊겨서 많은 고생을 했다는 이야기를 듣게 되었습니다. 그 이야기를 듣고 난 후 선생님과 충분한 대화를 나누지 못한 것이 오래도록 마음에 부담으로 남게 되었지요. 그때나 지금이나 충분한 소통은 꼭 필요하다는 것을 깨달았어요. 공감하지 못한 부분을 반성하는 시간도 되었습니다.

그 후 순자는 어린이집 부모들 그리고 교사들과 자주 소통할 수 있도록 중간관리자와 함께 노력하였어요. 학부모들과 함께할 수 있는 활동도 계획하여 부모참여소풍, 가족 운동회, 재롱발표회, 특성화 참여 수업 등을 진행했어요. 교사들과 함께 하는 활동으로 교사 일일 나들이, 중간관리자 일일 여행, 교직원 개인 상담과 회식 등의 자리를 마련하였지요. 순자는 교사들의 마음을 이해하려 노력하였고 교사들이 잘하고 있는 부분을 칭찬하고 격려해 주었어요.

그 후 순자는 교사들과 함께 꾸준히 교육도 받게 되었어요. 교사의 마음과 행동을 이해하기 위해 교사의 MBTI 교육과 기질 교육, 에니어그램과 심리상담 교육을 받게 되었지요. 교사들도 동료 교사의 마음과 원장의 마음을 이해하는데 도움이 되었다고 했지요. 자신이 더 성장할 수 있는 도전과 성찰의 시간이 되었다는 이야기도 들었어요.

시행착오를 통해서 규칙적으로 성찰하게 되면 자기만족과 긍정적 인식력이 높아지게 되지요. 어려운 일을 만나도 긍정적인 부분과 결과에 집중하다 보면, 현재의 상황을 직면할 수 있는 용기가 생깁니다. 힘든 상황에서도 주저앉지 않고 새로운 길을 찾다보니 깨달음을 얻게 되었지요. 그리고 순자는 주변 사람들과 원활하게 소통하는 능력도 함께 발달하게 된다는 사실을 알게 되었어요.

어떠한 어려움도 긍정적으로 바라보고 집중하면 낙관적이고 자신감 있는 행동을 하게 됩니다.

순자는 스스로에게 칭찬과 위로를 해보았어요.

'순자야, 정말 힘들었지?'

'애 많이 썼어.'

'힘든 일 참아내고 도전하는 모습이 멋져!'

성찰이란, 자신이 한 일을 깊이 되돌아보며 경험에서 의미를 찾아보는 것입니다. 그래서 시간이 필요하지요. 순자는 자신이 선택한 성찰의 시간 속에서 아름답고 튼튼한 결과물들을 만들어 낼 수 있어서 뿌듯했답니다.

독자에게

성찰을 통해 새롭게 깨닫게 된 점이 있었나요?

지혜

삶의 행복과 가치

순자는 오랫동안 아이들과 함께 놀이하고 활동하는 것을 좋아하고 즐기는 편이지요.

어느 날 IMF가 닥쳤어요. 순자가 어린이집을 운영하고 처음 겪는 일이라 어떻게 해결해야 할지 눈앞이 캄캄했어요. 아무리 머리카락을 쥐어뜯어봐도 좋은 생각이 나지 않았어요. 교사급여도 주어야 하고 급식, 간식도 매일 준비해야 하는데 걱정만 하고 있을 수는 없었어요. 그렇다고 어린이집을 그만두고 싶다는 생각은 하나도 없었지요. 순자는 힘들고 어려웠지만 참고 견뎌보기로 다짐했어요.

1년 정도가 지났을 무렵, 조금씩 희망이 보이고 운영의 어려움이 점차 나아지고 있었어요. 그때 순자는 새벽부터 밤늦게까지 일을 했어요. 새벽에 일어나서 점심 반찬을 만들어놓고 차량운행을 했지요. 교사들이 아이들과 즐겁게 보육을 하고 있지만, 조금이라도 도움이 되도록 함께 했어요. 아이들과 교사들의 얼굴에도 웃음꽃이 피고 즐거운 활동이 계속되니 걱정과 문제도 해결되었어요.

만약 IMF때 힘들고 어렵다고 어린이집을 그만두었다면 지금 순자는 무엇을 하고 있을까요? 생각만 해도 마음이 우울하고 아찔한 생각이 드네요.

그리고 또 예상치 못했던 코로나 19가 시작되었지요. 코로나 19는 3년 6개월 만에 공식적으로 비상해제가 되었어요. 하지만 면역성이 약한 영유아들을 둔 부모들은 불안과 걱정으로 웃음이 점점 없어졌지요. 순자는 이럴 때일수록 소독을 철저히 하고 기본수칙을 지켜서 아이들의 안전한 활동을 우선으로 하였어요. 교직원들의 협력과 부모들이 가정에서도 안전수칙을 잘 지켜 준 덕분에 또 한 번의 고비를 무사히 넘길 수 있었답니다.

지혜란 '어려운 사건이나 상황을 깊이 이해하고 깨달아서 자신의 행동과 인식과 순간적인 판단을 잘하는 것'을 뜻합니다. 정확한 정보

를 인식하고 자신이 좋아하고 잘하는 것이 무엇인지 알고 행하는 것
이 지혜라는 거죠.

순자는 문제 앞에서 당황하거나 걱정하기 보다는 성실하고 꾸준히
견디는 성격을 잘 사용해서 IMF와 코로나 19를 지나며 문제를 해결
하는 지혜가 더 단단해진 것을 느꼈지요. 두 가지 큰 어려움을 겪으
면서 지혜가 성숙하게 된 것 같아 감사함이 가득합니다.

지혜의 특성은 근면과 정직, 절제와 순결, 좋은 평판에 대한 관심
과 덕행이라고 합니다. 그리고 지혜는 삶을 행복하게 하고 삶의 가치
를 높여줍니다. 순자는 지혜롭게 생활하려고 오늘도 배우고 노력하
고 있습니다.

독자에게

당신이 지혜를 발휘했던 삶의 순간은 언제였나요?

협 업
· · · · · · · ·

행복은 덤

순자는 새로운 일을 받아들일 때 시간을 많이 소요하는 편이랍니다. 실수하지 않으려는 마음과 더 잘 하려는 마음이 있기 때문이죠. 반면 똑같은 일을 반복적으로 하는 일은 빠르게 처리하지요.

순자는 아이들과 함께 하는 활동은 다양하게 잘 할 수 있지만, 시간이 늦어지고 천천히 처리하게 되는 일이 한 가지 있어요. 바로 요리하는 거예요. 순자는 여유를 가지고 요리에 대해서도 연구해 보고 싶기도 해요.

지금은 유아교육기관을 잘 운영하려니 무엇보다 교직원 간의 협업이 필요하지요. 협업이란, 둘 이상의 힘을 합쳐 일하는 거예요. 영유아들과 함께 활동하는 곳에는 여러 교직원의 마음이 하나 되는 것이 중요하죠. 교직원이 함께 노력하고 마음이 조화롭게 이루어졌을 때 아이들이 행복하고 교직원들은 보람과 가치를 높이게 된답니다.

유아교육기관에서 협업이 잘 이루어지지 않을 때, 부정적인 일이 생겨나거나 어려움이 동반되는 경우도 있어요. 마음이 화합되지 않는 경우 아무리 계획하고 노력했을지라도 만족도가 떨어지고 효과가 낮아지게 돼요. 그래서 순자는 교직원들의 마음을 먼저 하나 되게 하고 협력하는 부분을 강조하고 있어요.

실내체육관에서 가족 운동회를 하는 날이었어요. 운동회를 하면서 쉬는 시간에 '아나바다 활동'을 함께 하였지요. 그런데 교직원들과 의견이 일치되지 않아서 약간의 어려움이 있었어요. 하지만 순자는 가족 운동회를 끝까지 최선을 다하여 행사를 마무리 하였지요.

그 다음 날 교사들과 가족 운동회에 대한 평가회를 하였어요. 가족 운동회 하나만 해도 분주한데 두 가지를 같이 하니 교사들의 마음이 나눠지고 집중하지 못했던 부분을 이야기 하였지요. 순자는 한 가지 일에 집중하는 것이 행사를 더 원활하게 할 수 있다는 것을 깨닫게 되었어요.

다음 행사 때부터는 교사들의 의견을 충분히 반영하고 준비하는 시간을 두 배로 늘려서 행사를 진행하게 되었고 중간점검을 계속하면서 준비를 하였지요. 무엇보다 교사들의 아이디어를 자주 나누고 서로 도와주면서 협업을 하게 되었어요. 순자네 어린이집 행사는 순조롭게 이루어졌고, 아이들도 즐거워하고 부모들도 만족하였지요.

순자는 낙관적이고 열정이 있고 감성적입니다. 교직원들은 다양한 성품을 가지고 있지요. 처음에는 의견이 조율되지 않아서 삐걱거리는 소리가 날 때도 있었어요. 그래서 교사 상담과 회의를 통해 서로의 마음을 이해하고 의견을 맞추어 갔지요.

어린이집에서는 하루에도 수많은 활동을 한답니다. 마음의 여유를 가지고 재미있는 놀이를 통해 배운다면 모두가 행복해질 수 있어요.
순자는 인복이 많아요. 순자에게 없는 능력을 가진 교직원들이 많지요. 그래서 교직원들과 함께 협력하여 일을 할 수 있으니 얼마나 좋은지 몰라요. 순자는 경쟁보다 협력을 더 중요하게 생각하다보니 행복도 덤으로 느낄 수 있게 되었지요.

"협업아! 진정한 성공이란 자신이 즐기면서 일하는 것이지?"
"응 순자야, 교직원들에게 무얼 할 수 있는지 말하지 말고, 행동으로 보여줘."

"협업아! 모든 교직원이 한마음이 될 수 있도록 강한 동기부여를 하는 것이 정말 중요한 것 같아."

"맞아, 순자야! 교직원들과 함께 아이들을 사랑하고 이해해서 같은 목표로 나아가면 좋겠어."

순자와 협업은 나란히 손을 잡고 성장을 위해 나아가고 있었어요.

독자에게

협업을 통해 성공적으로 일을 이루어낸 경험이 있나요?

_____

_____

_____

존 중
·······

사람 그리고 사람

"아람아, 늦었어. 빨리 일어나. 학교가야지? 엄마 출근해야 돼."

아람이가 중학생일 때 일이었어요. 틈이 나면 축구를 하고 뛰어놀다가 저녁 늦게 잠이 들었지요. 학교에 가야한다고 아무리 깨워도 일어나지 않았어요. 민감한 사춘기 시기라 심기를 건드렸다가 다투기라도 하면 서로 어려움이 있을 것 같았어요.

아람이를 몇 번 더 깨웠지만 일어나지 않았지요. 순간 잠을 깨워주는 것은 엄마의 일이지만, 못 일어나는 것은 아람이의 책임이라 생각했어요. 순자는 부지런히 챙겨서 출근을 했지요.

저녁에 아람이를 보니 분위기가 심각했어요. 오늘 아침 학교에 지각을 해서 선생님한테 심하게 혼이 났던 모양이에요. 순자는 마음이 아팠죠. 어떻게든 잠을 깨워서 학교에 보냈어야 했는데, 반성이 되었어요.

'내가 엄마로서 아람이를 존중해 주지 않았구나. 피곤해서 일어나지 못했을 뿐인데….' 중학생이면 아직 엄마의 손길이 필요한 나이인데 말이죠.

가족끼리 서로의 마음을 알아주고 존중해 준다면 지금보다 웃음이 많아지고 행복한 순간들도 많아지게 될 거예요. 상황을 어떻게 바라보느냐에 따라 생각의 차이와 마음의 갈등을 덮어주기도 하고, 마음의 상처를 안길수도 있어요. 순자는 사춘기 아람이를 더 이해하고 유연하게 대처하면 좋았겠다고 후회했어요.

어린이집에서 생활하다 보면 아이들의 울음소리가 들릴 때가 있지요. 아이의 울음소리는 몸과 마음을 움직이게 합니다. 부드러운 말로 아이의 마음을 읽어주고 상황을 인정해 주면 어린 아이들도 금방 울음을 그치는 것을 종종 보게 됩니다. 영아도 자기의 마음을 인정해주고 존중해 주는 것을 좋아하기 때문이지요.

순자는 가끔 교사에게 질문을 한답니다.

"선생님! 도와줄까요?"라고 말이에요. 원장과 교사의 원활한 소통과 지원은 서로에게 든든한 힘이 되지요. 교실에서 교사와 아이들의 즐거운 상호작용과 환한 웃음을 볼 때 순자는 존중과 행복을 느껴요.

존중이란 인격적으로 정중하게 대하는 것을 의미하죠. 어린 시절 성장하면서 존중받고 자란 아이들은 대부분 부모와 어른을 존중하고, 친구관계도 원만해요. 어른이 되어서도 마찬가지입니다. 마음을 열고 상대방에게 먼저 다가가 대화를 하거나 도움의 손길을 내미는 것, 참 중요하지요. 순자와 어린이집 교사들처럼요.

순자는 아람이와의 기억을 떠올리며 어린이집 선생님들과 아이들을 존중해주기 위해 더 진실 되게 다가가는 교육자가 되어야겠다고 다짐합니다.

존중은 마음이 중요합니다.
존중은 나의 인격을 보여줍니다.
존중은 인생에서 가장 중요한 단어입니다.

독자에게

'존중'을 표현할 수 있는 말과 행동에는 어떤 것이 있을까요?

깨달음
· · · · · · · ·

첫사랑을 만난 것 같은 설렘

"순자야! 너의 꿈은 뭐니?"

"저는 선생님이 되는 것이 꿈이에요. 아이들과 재미있게 놀이도 하고 공부도 가르쳐 주는 선생님이 되고 싶어요."

순자는 배움에 대한 갈망이 많았지요. 순자의 어린 시절, 하고 싶었던 공부를 못하게 되어 결핍으로 남아있던 마음 때문인 것 같아요. 하지만 그 결핍은 꿈이 되었고 삶의 적절한 긴장감을 주었어요. 긴장 감은 살아가면서 열정으로 변화되었지요. 적절한 스트레스가 에너지 를 발산시키는 것처럼, 순자가 이루고 싶었던 꿈은 힘겨웠던 어린 시절과 고된 삶을 견디게 해주는 인내와 끈기가 되어 주었답니다.

마음이 평안하고 성장하는 삶이 되려면 해야 할 일이 있지요. 한 가족 안에서도 자기 뜻대로만 행동하며 살 수는 없어요. 각자의 생각과 하고 싶은 일이 다르므로 서로의 마음을 조율하는 것이 필요하죠.

순자는 결혼 후 하고 싶었던 공부를 하기 시작하였어요. 자녀를 키우면서 집안일을 하면서 전공 서적을 본다는 것은 너무나 어려운 일이었어요. 어린 자녀는 밤에도 깨어 울고 열이 나기도 했습니다. 엄마인 순자의 마음은 자녀를 돌보는 일이 우선될 수밖에 없었지요. 순자는 다시 공부할 기회가 오기를 고대하며 아쉽게도 공부하는 것을 중단하게 되었습니다.

순자는 결혼 후 5년 만에 어린이집을 시작하게 되었고, 두 자녀도 잘 자라주었지요. 아람이와 한솔이가 고등학교에 다니고 있을 때, 순자는 다시 공부를 시작할 수 있게 되었답니다. 집안일도 조금은 익숙해졌고 두 자녀도 스스로 학교생활을 열심히 해주었지요.

순자의 어린 시절, 공부와 가난에 대한 결핍은 삶을 성실히 살아갈 수 있는 원동력이 되어 주었어요. 순자는 늦깎이 학생이었지만, 하루하루가 신이 나고 즐거웠지요. 순자가 다시 공부할 수 있는 것은 첫사랑을 만난 것 같은 설렘을 선물해 주었어요.

순자는 깨닫게 되었어요.

'즐겁게 일을 할 수 있고 공부도 할 수 있다니! 하고 싶은 일을 할 수 있는 건강과 상황 그리고 열정, 이것이 행복이구나.'라는 것을요. 하고 싶은 일이 오랜 시간 지난 후에 이루어질 때도 있지요. 그러면 기쁨과 성취감은 배가 되는 것 같아요. 순자는 오랫동안 소망했던 일이 이루어졌을 때 느꼈던 그 감정들을 잊지 못할 거예요. 그리고 예쁜 감정들을 소중한 사람들에게 나누며 또 아름답게 살아갈 거고요.

꿈을 꾼다는 것, 꿈을 이룬다는 것, 참 행복한 삶이네요.

독자에게

오래 전부터 꿈꾸었던 일이 이루어졌던 경험이 있나요?
그 때 느낀 감정은 무엇이었나요?

다섯 번째 이야기,

평온한

용 기

· · · · · · · ·

이겨낼 수 있는 힘

용기는 인간이 가져야 할 덕목 중의 하나이며, 두려움을 이겨내는 것입니다.

오늘 순자는 용기에 대해 이야기해 보려 해요. 순자는 어린이집을 운영하면서 두려움과 걱정이 수시로 찾아온 적이 있어요. 신문이나 매스컴에서는 초저출산 시대라 하고, 결혼 연령은 늦어지고 있는데 자녀를 낳겠다고 하는 부부들이 점점 줄어들고 있으니까요. 마냥 걱정만 하고 있을 순 없었어요. 그래서 순자는 다짐했어요.

'오늘 하루만 생각하자. 오늘만 집중하며 최선을 다해보자.'라고 요. 순자는 아침 일찍 일어나 기도를 하고 독서와 글쓰기를 한 후, 출근을 했지요. 또한 시간이 날 때마다 온라인 강의를 신청해서 공부했답니다. 강의 내용 중에서 신념이 맞고 할 수 있겠다는 생각이 드는 부분들을 선택해 교직원들과 함께 논의해서 행사를 기획하고 실행했지요.

그러자 부정적인 감정이 조금씩 사라지고 긍정적인 생각과 용기가 생겼답니다. 이렇게 용기는 할 수 있는 일과 하고 싶은 일이 있을 때 두려움을 이겨내고 다시금 시작할 수 있는 힘을 갖고 있지요.

한솔이가 수능을 보는 날이었어요. 순자는 하루 종일 마음을 달래며 기도했지요. 어떤 부모는 자녀가 수능을 치는 학교 정문 앞에서 애타게 기도하기도 했어요. 한솔이가 평소 공부를 열심히 했지만 엄마인 순자는 한솔이의 컨디션은 괜찮은지, 실수하진 않을까, 원하는 결과가 꼭 나오면 좋겠는데, 염려와 간절함이 가득했어요.

용기는 부정적인 마음이 밀려올 때, 어려움이 있을 때 꼭 필요한 친구이지요. 순자는 용기 내어 소리쳐 보았어요.

"한솔아! 강하고 담대하게 잘할 수 있어. 잘할 거야!"

용기는 걱정과 두려움을 점점 사라지게 도와줍니다.

용기는 도덕적입니다.

용기는 마음을 빛나게 하고 신념을 갖게 합니다.

용기는 다른 사람에게 좋은 영향력을 줄 수 있습니다.

용기는 위험한 상황에서도 실행할 수 있도록 합니다.

그래서 순자는 용기 있는 사람이 되어 다른 사람에게 도움이 되는 사람이 되려고 노력하고 있습니다.

독자에게

두려움이나 염려로 어려운 환경이었지만 용기를 내어 이겨낸 적이 있나요?

용 서
. . . .

사랑과 성장을 위한 선택

용서란 과거에 다른 사람이 어떤 행동이나 말로서 상처준 것을 편하게 생각하고 잊어버리는 일을 말합니다.

순자가 초등학생 때의 일입니다. 수업시간에 담임선생님이 말씀하셨어요.

"이순자, 앞으로 나와. 너는 지금 집에 가서 육성회비를 가져와."

순자는 "네." 대답을 하고 헐레벌떡 집으로 뛰어갔지요. 순자 엄마는 순자를 보고 깜짝 놀랐어요.

"왜? 무슨 일이고? 학생이 공부를 해야지, 왜 집에 왔노?"

"엄마, 선생님이 육성회비 가지고 오래요. 육성회비 주세요."

"내가 돈이 어디 있노? 네 엄마 팔아서 가져가거라."

그때 순자는 생각했어요.

'돈이 필요하면 엄마를 팔아야 하는구나. 가난하고 돈이 없는 것은 부끄러운 일이구나.' 그 뒤로도 담임선생님은 육성회비를 가져오라고 순자를 몇 번이나 더 집으로 보냈어요. 순자는 집으로 가지 않고, 학교 근처 논두렁 밑에서 시간을 보내다가 학교 수업이 끝날 무렵 집으로 갔어요.

순자는 친정 나들이를 갈 때 다니던 초등학교를 지날 때가 있어요. 보통사람들은 학창시절의 그리움을 가지고 동창회 모임에 참석하지요. 그러나 순자는 초등학교 쪽으로 고개도 돌리고 싶지 않았어요.

하지만 이제 순자는,

이렇게 글을 쓰면서 초등학교 담임선생님을 용서하기로 합니다.

어릴 적 아픈 기억도 멀리멀리 떠나보냅니다.

지금은 하늘나라에 계신 나의 어머니의 마음도 알 것 같아서 어머니를 토닥여 드리고 싶습니다.

사랑하는 우리 어머니,

가난의 벽 앞에서 고생하셨던 나의 어머니!

사랑하고 존경합니다.

독서하며 글을 쓰며 순자는 깨달았어요. 용서는 나를 위한 최고의 선물이라는 것을요.

"행복을 위한 법칙 중 하나는 변화시킬 수 없는 과거의 일을 내려놓고 걱정하지 않는 것이고, 성공적인 인간관계를 위한 법칙 중의 하나는 다른 사람이 이미 저지른, 바꿀 수 없는 일에 대해 비난하고 불평하지 않는 것입니다." 세계적인 동기 부여 연설가, 브라이언 트레이시의 말입니다.

어떤 일에 적어도 나의 책임이 50퍼센트는 있다는 것을 기억하면서 부정적인 감정의 굴레에서 벗어나는 것이 중요해요. 나에게 상처 주었던 사람을 용서할 수 있는 용기가 필요하지요. 나의 삶을 사랑하고 계속 성장하기 위해서 말이에요.

오래도록 행복하게 살고 훌륭한 인간관계를 유지할 수 있는, 용서하는 습관을 가져보는 건 어떨까요?

독자에게

나에게 상처를 준 사람은 어떤 말과 행동을 했나요?

그 사람을 용서하는 것이 쉬운가요 어려운가요? 이유는요?

절 제
· · · · · · · ·

평화가 찾아오는 길

일은 완벽하기를 요구하지 말고, 말은 다 하려고 하지 말라.

- 정조 -

시간이 날 때마다 틈틈이 독서를 하다 보면 새로운 정보를 얻게 되고, 아동과 놀이에 대한 지식을 쌓는 즐거움이 있지요. 순자는 독서와 글쓰기를 루틴으로 만들게 됐어요. 이제는 루틴이 일상생활이 되어 자기관리와 자기 통제의 힘이 되었어요.

어느 날이었어요. 순자는 교실에서 활동하고 있는 교사에게 한두 가지 이야기를 부드럽게 했던 것으로 기억하는데요, 교사에게는 오해가 되었던 모양이에요. 갑자기 소리가 높아졌지요.

그때 순자는 '이건 소통이 아니구나.'를 알게 되었고 굴욕감을 최소화하려고 노력하였지요. 교사와 친근한 소통이 필요한데 순자가 잘못 행동했다는 것을 깨닫게 되었어요. 순자는 교사와 조용한 시간을 가지려고 카페에 갔어요.

"선생님, 원장이지만 교실에 가서 큰 소리로 이야기한 것은 옳은 행동이 아니었어요. 미안해요."

"저도 원장님께 큰 소리로 대답한 것은 잘못했던 것 같아요. 죄송합니다." 순자와 교사는 서로 사과를 하고 다시 원만한 관계로 돌아왔어요.

그 다음부터 순자는 아무리 하고 싶은 이야기가 있어도 교실에 가서 이야기 하는 것을 절제했어요. 교실에서 바로 말하는 것보다는 중간관리자 교사를 통해 1차적으로 문제를 해결할 수 있도록 도왔지요. 그리고 전체 교사회의 때 서로의 생각을 편안하게 이야기를 해서 좋은 의견들이 적극 반영되도록 했어요. 교직원과의 소통이 점점 원활하게 되니 행사를 기획할 때나, 진행할 때도 교사의 능동적인 참여도와 만족도도 높아지게 되었지요.

유아교육기관의 원장은 지식을 깨닫게 되면 과감하게 실천하는 용기도 필요하답니다. 원장이 감정을 절제하지 못해 교사들과 어려움이 생긴다면 원장에게 책임이 있는 것이지요.

원장의 자리는 개선해야 할 사항들을 알아야 하고, 듣기 거북한 말을 들어야 할 때도 있고, 그래서 때로는 화가 날 수도 있어요. 순자는 그때마다 사람들의 마음을 읽어주려고 노력해요. 그때 일을 통해 순자는 마음을 다스리고 절제할 때 평화가 찾아옴을 깨닫게 되었어요.

앞으로도 순자는 절제를 선택해서 좋은 관계와 좋은 결과를 유지해야겠다고 다짐했답니다.

독자에게

절제를 통해 평화를 되찾았던 일이 있었나요?

집중력
·······

나누어 주는 삶

집중력은 자신의 욕구가 성공적으로 이루어질 때까지 마음을 모으게
합니다. 자신에게 필요 없다고 생각하는 습관을 과감히 벗어던질 수
있는 능력을 말합니다.

- 나폴레옹 힐 -

순자는 이루고자 하는 명확한 목표를 정해놓고 계획을 짜서 활동
하면 집중력이 향상된다는 것을 알게 되었어요. 그래서 원하는 시간
만큼 집중하도록 연습을 지속하였지요. 특히 책을 읽거나 글을 쓸

때, 하루 일정을 미리 정해놓고 시간을 체크 하면서 몰입할 수 있었지요.

순자는 책을 읽으면서, 마음에 와닿는 문장이 있으면 밑줄을 긋기도 해요. 형광펜으로 밑줄을 긋기도 하고 책장 모퉁이를 접기도 한답니다. 그래서 도서를 구입해서 읽는 편이고, 좋은 책은 반복해서 읽을 때도 있어요.

집중력을 훈련시켰더니 독서와 글쓰기로 얻게 되는 내면의 선물들이 많이 생겼답니다. 더불어, 불필요한 습관을 줄여주고 시간을 귀하게 만들어 주었어요. 역시, 대가의 명언은 옳았습니다.

교육의 힘이란 위대하지요. 사람의 마음과 자세는 반복적인 행동에 따라 습관이 형성되어요.

아이들의 놀이 중에서 재미있고 즐거운 놀이를 할 때, 배고픈 것도 잊어버릴 만큼 놀이에 푹 빠지게 됩니다. 그 놀이 속에 또래 친구들과 묻고 대답하고 까르르 웃는 행동이 반복해서 나타나는데 이때 집중력도 함께 길러지게 되지요.

"무엇을 열심히 만들고 있구나. 선생님한테 설명해 줄 수 있니?"

"이건요, 도로고요. 이건 자동차예요. 이건요, 가게예요."

"아하! 그렇구나. 멋지게 만들었네. 어떻게 도로와 자동차, 가게를 생각해냈을까?"

순자의 호기심 어린 질문에 아이는 어깨를 으쓱하며 환하게 웃었지요. 순자는 아이들의 집중력을 위해 애정을 담은 질문을 하고 마음을 다해 경청해 준답니다. 그리고 교육자로서 보람도 느끼고요.

집중력과 열정이 합쳐지게 되면 에너지가 크게 발산되는 것을 알수 있어요. 순자가 훈련한 집중력을 아이들에게도 가르쳐 주고 싶다는 열정이 합쳐지니 사랑의 에너지가 커진 것처럼 말이에요.

내가 하고 싶은 일이 있고 그 일을 집중해서 할 수 있고 그것을 전해주고 싶은 소중한 사람이 있다는 것, 참 행복한 삶입니다. 여러분도 집중력을 훈련해서 더 튼튼해진 내면을 다른 사람들과 나누어 보세요. 나누어 준 것은 여러분인데, 뿌듯함을 느끼게 되는 건 여러분일 거예요.

독자에게

집중력을 발휘하여 목표했던 일을 성취한 적이 있나요?

미덕
·······

자신의 일에 감독자가 되기

우리 세대는 어른에게 순종하는 것이 미덕이라고 하였지요. 하지만 우리가 배워야 하는 진짜 미덕은 모든 사람이 자신의 일에 감독자가 되어야 한다는 것입니다. 우리는 인생을 살아갈 때 실수할 때도 있고, 고뇌에 빠지기도 합니다. 그 때 우리는 우리 자신을 어떻게 바라보게 되는지요? 그리고 어떤 미덕을 발견하거나 선택하게 될까요?

때로는 순자도 참기 어려운 일이 생길 때가 있답니다.
"원장님, 어떻게 하실 거예요? 이건 너무 하잖아요."

"상하 어머님, 많이 속상하시지요? 저도 속상하네요. 우리 상하, 다음에는 다치지 않도록 잘 돌보도록 할게요. 죄송합니다."

"아이 정말! 진짜 속상해요."

아이가 놀이터 놀이기구에 부딪혀서 멍이 들게 되었어요. 교사는 너무 놀라 얼굴이 새하얗게 변해 버렸어요. 유아교육기관에서 가장 어렵고 힘들 때는 영유아들이 놀이하다가 다치게 될 때입니다. 교육 자들은 아이가 다쳤을 때 제일 마음이 아프고 일부 부모님의 질책에 고통이 따르기도 합니다. 그렇지만 잘 인내하고 견디며 아이들의 안전에 더욱 최선을 다하다 보면 즐겁고 기쁜 일들이 다시금 생기게 된답니다.

순자는 문제 상황이 생길 때마다 늘 직면하며 더 좋은 해결책을 생각해요. 그래서 가끔 이런 일이 발생하게 되면 아이들이 안전한 활동을 할 수 있도록 더욱 마음을 다하고 시스템을 점검하지요.

순자는 포드의 경영 철학을 좋아합니다. 포드가 자동차회사를 운영하면서 어려움이 닥쳤던 때가 있었어요. 그때 포드는 "손님들에게 가장 저렴한 가격으로 가장 좋은 물건을 제공하라."고 하였지요. 다른 자동차회사에서는 자동차 가격을 올리는데 포드는 오히려 가격을 내렸어요. 이 정책으로 포드는 세상에서 가장 부유하고 힘 있는 사람이 되었다고 합니다.

순자는 포드를 본받고 싶었어요. '우리 유아교육기관에서 부모의
부담감은 줄이고, 영유아에 대해 가장 질 높은 교육과 보육서비스를
제공하자!'라고 다짐하였어요. 아이들은 환한 웃음과 기쁨으로 노래
하고 춤을 출 때 행복을 느끼게 되지요. 그래서 순자는 아이들에게
날마다 재미있고 즐거운 활동이 되도록 노력하였지요.

미덕을 의미하는 영어 virtue는 힘, 능력, 위력, 에너지를 의미하는
라틴어 virtus에서 유래되었다고 해요.

"모든 사람의 인성의 광산에는 미덕의 보석이 박혀있다."

참 멋진 말이지요? 미덕이 가지고 있는 뜻처럼, 순자의 미덕은 참
기 어려운 일이 생기더라도 인내하며 견디어 내었을 때 생겼어요. 순
자는 현명한 사람이 되고 싶었거든요. 현명한 사람은 문제가 생겼을
때 다른 사람을 비판하기보다 자신을 돌아보고 자기 성장의 발판으
로 삼습니다. 그래서 자신의 일에 감독자가 되어 능력을 키우고 에너
지를 높이는 거죠.

앞으로도 순자는 마음에 숨어 있는 많은 미덕을 잘 캐내어 늘 변
화하고 성장하는 사람이 될 거예요. 미덕과 함께 멋진 미래를 만들어
갈 순자를 생각하니 뿌듯합니다.

독자에게

지금 여러분 마음에 있는 미덕 3가지를 써 볼까요?

이것을 고르게 된 이유는요?

_____

_____

_____

여섯 번째 이야기,

흘러가는

결 단
·······

잘 선택한 결정이었어요

순자는 계획한 일을 달성하기 위해 업무를 수행하고, 구체적인 계획도 세워서 살아가지요. 순자는 리더의 주요한 자질 중에 자기 확신의 법칙을 알고 있지요. 그런데 순자는 가끔 결정을 내리지 못하고 자기 확신이 결여된 경우도 있었답니다.

성공의 법칙에서 나폴레옹 힐은 '리더들은 명확한 목표와 자기 확신, 솔선수범과 리더십을 활용합니다. 그리고 상상력과 열정, 자제력과 유쾌한 성품, 정확한 사고와 집중력, 인내의 법칙을 사용합니다.

이러한 법칙 가운데 한 가지라도 결여된다면 균형 있는 리더로서의 역량이 경감됩니다.'라고 하였지요.

　순자가 결단력이 부족해서 시행착오를 겪었던 경우가 여러 번 있었지요.
　"순자야! 너 정말 밥이 그렇게 맛있니? 그렇게 절제하지 않고 꼭 많이 먹어야겠니?"
　"결단력아, 내가 너무 무심한 것 같아. 이제 체중도 줄이고 운동도 시간 내어 열심히 해볼게."
　"순자야! 너 정말이지? 약속했으니 꼭 지켜."
　"알았어. 진짜로 이번에는 꼭 지켜보도록 노력할게."

　결단력이 부족한 사람들은 대체로 자신이 무엇을 원하는지, 리더가 지시하기 전까지는 망설이고 결정 내리기를 회피합니다.
　리더십의 주요한 선행조건 중 하나가 신속하고 확고한 결단력입니다.
　생각과 감정을 일치시키는 데는 마음이 중요하고, 생각과 행동을 일치시키는 데는 정신이 중요하지요. 자제력과 의지력을 사용해서 좀 더 쉽게 결단을 내릴 수 있어요. 일을 할 때도 미루지 않고, 빠르게 해내는 사람들은 성공할 수 있는 확률이 높게 됩니다. 그러므로 자기 결단력을 키우게 되면 성장하고 발전하게 되지요.

유아교육기관에서는 교사들의 생각과 행동을 일치시키는 데는 긴장감 있는 민감성이 필요하지요. 아이들의 건강과 안전을 우선해야 하고 즐겁게 재미있게 활동하도록 도와주어야 하므로 순간순간의 결단력이 중요합니다.

어느 날이었어요. 유아교육기관 교사들의 분위기가 좋지 않았지요? 무슨 일인지는 모르나 문제가 생긴 것 같았어요. 오전 활동이 끝나고 점심을 먹은 후 영아들은 낮잠을 자게 되지요. 한 교실에서 함께 근무하는 선생님들이 다 같이 원장실로 오게 되었지요. 교사들의 이야기를 다 들어주고 무엇을 도와주면 좋은지 물어보았지요. 원장이 보기에는 큰일은 아닌데 교사보기에는 민감한 일일 것 같았어요. 힘들고 어려운 일은 서로 마음이 다르고, 다르게 생각한다는 것을 알면 쉽지만 그렇지 않을 때는 오해가 생기게 되지요.

특히 아이가 놀이하는 동안 작은 상처가 생겼을 경우, 병원에 가야 하는지 그냥 약을 발라줘야 할지를 결단하게 됩니다. 잘못 판단하거나 결정했을 때 더 큰 문제가 될 수도 있기 때문이지요. 아이의 상처는 유아교육기관에서 가장 민감한 일이기도 합니다. 그런데 교사 혼자서 결정할 때는 문제가 생기는 경우도 있었거든요.

평생 동안 결정을 내리는 것을 회피해왔나요? 이젠 아주 습관이 되어 무언가 결단을 내린다는 일이 아예 불가능한가요?

지금까지 자신에게 중요한 모든 일에 분명한 결정을 내리지 못하고 얼렁뚱땅 회피하는 습관을 길러왔나요?

비가 온 뒤에 땅이 더 굳고, 구덩이에 떨어져봐야 올라올 수도 있는 것입니다.

독자에게

결단력을 통해 문재를 해결했거나 예방한 적이 있나요?

인 내
· · · · · · · ·

고된 행복

인내란 괴로움이나 어려움을 참고 견디는 것을 말합니다. 인내하지 못하는 사람은 분노를 참지 못하죠. 사회 속에서 활동하는 사람들끼리 서로 인내하지 못하여 다투거나 갈등을 겪게 되는 경우가 종종 있습니다. 분노는 문명화의 발전에 거대한 걸림돌이 되고 개개인의 발전에 방해가 되기도 합니다. 인내심이 없는 사람들은 가끔 불이익을 당하는 경우도 있지요.

순자가 결혼 후 5년쯤 되었을 때 자녀를 양육하면서 직장 생활과

가사 일을 병행했어요. 집안일을 잘하지 못하는 것이 스트레스가 되었지요.

남편은 직장에서 퇴근하고 곧장 집으로 오지 않았어요. 집에 와서 아이들을 돌보아주고 집안일을 도와준다는 생각을 아예 하지 않았답니다. 남편은 친구를 좋아하고 음주 가무를 즐겼어요. 순자는 일찍 자고 일찍 일어나는 사람이었고, 남편은 늦게 자고 늦게 일어나는 사람이라 생활문화가 서로 달랐어요.

문화의 충돌과 사고의 다름으로 두통이 서서히 나타나더니 잠이 오지 않았죠. 마음이 불안하고 걱정이 많아지면서 삶의 만족감이 점점 떨어지고 있었지요.

순자는 결혼 후 바로 아기를 갖게 되었어요. 부부싸움을 자주 하게 되었지만 마음을 달래며 살았어요. 아람이와 한솔이가 방긋방긋 웃기 시작했을 때 아기 옆에서 시간 가는 줄 모르게 지켜보기도 하고 안아주고 업어주기도 하였지요.

그러나 하루하루는 빡빡하고 고되게 지나갔어요. 사람은 화가 난 상태에서는 상대방의 가슴에 못을 박는 말도 해버리게 되지요. 그 말 때문에 상처가 되어 오래도록 아파하기도 하고요. 순자는 자신도 모르게 소중한 가족에게 거친 말을 내뱉기도 했어요. 늘 후회의 연속이었어요. 앞으로 어떻게 살아야 할까, 밤이 되면 걱정만 되고 잠이 오지 않았지요.

'내가 산후 우울증인가?'

병원에 가보니 우울증으로 인해 기관지와 인후염증 등이 함께 왔다고 하였죠. 가족들의 도움 없이 두 자녀를 양육하는 것과 직장 생활을 하는 것은 호락호락하지 않았지요. 아무리 건강하게 잘하려고 해도 감당하기가 어렵고, 힘든 시기를 보내고 있었어요. 남편이 힘든 순자를 이해해 주고 격려해 주었다면 견디기가 쉬웠을 텐데 그렇지 못했거든요.

순자의 우울증은 점점 심해졌고, 속상함이 커졌지요. 열정이 사라지고 감사가 없어졌어요. 좌절하고 포기하고 싶은 생각이 들었지요. 그럴 때마다 순자는 자신과 대화를 했지요.

'이순자. 너 정말 포기하고 싶니? 포기하면 안 돼. 네가 사랑하는 아람이와 한솔이를 봐.'

'그래 죽을 각오로 살아보자. 지금까지도 잘 견뎌왔으니 용기 내어 인내해 보자.'

시골에서 친정어머니가 오셨어요.

"우리 막내딸, 마음고생 많이 했구나! 하고 싶은 이야기 엄마한테 해봐."

순자는 엄마의 말을 듣자마자 눈물이 왈칵 쏟아졌지요. 엄마한테 아무 말도 하지 않았는데 엄마는 어떻게 내 마음을 알았을까요?

엄마는 전에 남편과의 결혼을 앞두고 걱정하는 부분이 있었어요. 남편이 어린 시절 조부모님 밑에서 성장했다는 이야기를 듣고 순자가 마음고생을 할 수도 있다고 했어요. 우리나라 할머니들의 손주 사랑은 유별나시죠. 손주들은 할머니의 사랑을 듬뿍 받기만 하고 주는 방법은 배우지 못했어요. 그래서 서로의 마음을 이해해 주고 함께 협력하는 부분이 부족할 수도 있고요.

순자는 두 자녀의 미래를 생각하고 가정의 행복을 위해 참고 견디며 살았지요. 힘들고 어려운 시기를 지나 지금은 인생 중에서 가장 행복한 시기를 지내고 있습니다.

두 자녀들은 순자인 엄마를 존경하고, 남편은 화분 키우는 취미로 젊었을 때보다 더 유순한 태도로 순자와 함께하고 있거든요. 순자는 한 번씩 생각합니다.

'그래, 그 때 참길 잘 했어. 고행은 고된 행복이라고 하던데, 행복이 꼭 즐겁기만 하라는 법 없잖아? 고된 것도 행복이 될 수 있지. 나의 아팠던 시간들아, 대견해!'

순자의 아름다운 인생은 인내를 선택한 덕분에 얻을 수 있었던 열매랍니다.

인내 : 고된 행복

독자에게

인내하고 잘 견뎌서 좋은 일이 있었나요?

_____

_____

_____

평온
· · · · · · · ·

선택의 힘

마음이 평온한 사람은 잔잔한 호수를 닮아 있습니다. 반면 마음이 불안한 사람은 잘 다듬어지지 않는 돌멩이처럼 까칠하고 위험해 보이기도 합니다.

어린 자녀를 키우다 보면 아이들의 안전과 건강 때문에 걱정을 많이 하게 되지요. 특히 자녀가 밥을 잘 먹지 않고, 자주 병원에 간다면 더 많은 염려가 생길 수 있어요.

순자의 첫째 아들 아람이는 어렸을 때 건강하지 못했어요. 그래서 순자는 염려와 불안한 마음이 가득했고 평온한 마음이 적었지요. 둘째 한솔이는 형보다 음식을 잘 먹고 건강하게 자라주었어요. 첫째를 키울 때보다 안심이 되고 마음도 평온해졌지요.

아이들이 태어나서 첫돌까지 건강에 대한 염려가 많았고, 만 2세가 되면 안전에 대해 걱정이 될 수 있어요. 왜냐하면 이때쯤은 아이들의 활동량이 갑자기 늘어나고 에너지가 많아 위험한 상황이 생길 수도 있기 때문이지요.

어느 날 주일이었지요. 주택에서 살 때인데요. 둘째 한솔이가 2층에서 자전거를 탔어요. 자전거 타기에 서툴렀던 한솔이는 갑자기 자전거 바퀴가 뒤로 굴러서 1층으로 떨어지는 사고를 당하게 되었어요.

한솔이 이마에서는 피가 났어요. 순자는 순간 손이 떨리고, 말도 나오지 않았지요. 응급처치를 해야 하는데 어떻게 해야 할지 아무 생각이 나지 않았지요. 하지만 순자는 얼른 정신을 차려서 응급실로 뛰어갔어요.

"한솔아, 한준아. 어떡해?"

순자의 눈에서도, 아이의 눈에서도 눈물이 흘렀어요.

"한솔아, 치료하면 괜찮을 거야. 많이 아프지? 조금만 참아보자."

응급실에서 사진을 찍고 다친 부분에 봉합 치료를 하고 집으로 돌아왔습니다. 그 후 한솔이는 자전거 타기를 즐겨 하지 않게 되었어요.

신학기가 시작되는 매년 3월이 되면 순자는 쉴 새 없이 바쁜 일정이 계속됩니다. 아침에 출근을 하고 5분 정도 지났을 무렵, 홍 교사가 왔지요.

"드릴 말씀이 있습니다."

"네 선생님. 무슨 일인가요?"

"제가 3개월 약을 먹고 치료를 해서 괜찮을 줄 알았는데, 복숭아뼈가 아파서 일하기가 어렵습니다."

"네? 일하기가 어렵다고요? 어디가 어떻게 아프신대요?"

교사의 복숭아뼈를 살펴보니 부어 있었어요. 어린이집 일이면 서로 마음을 맞춰보고 도와주어서 일을 해결할 수 있을 것 같았어요. 그런데 교사의 건강상 문제이고, 아이들을 친절하게 보육하고 교육해야 하는데 마음이 답답하기만 했지요. 교사가 아프면 치료부터 받는 것이 우선이지만, 너무 황당해서 교사에게 격려의 말이 나오지 않았어요. 교사도 담임을 맡았는데 이런 말을 하기에는 마음이 편하지는 않을 것이라는 걸 알았지만 말이에요.

순자는 마음이 답답하고 우울해서 밖으로 나갔어요. 시원한 봄바람이 마음을 만져주는 듯했지요. 누구나 생각하지 못한 일이 갑자기 생기고, 건강 문제도 생길 수도 있어요.

스스로 마음을 위로하고 토닥이면서 평온을 찾으려고 노력했어요. 교실에서는 즐겁게 놀이하는 아이들의 목소리가 들려왔어요. 교사들과 아이들이 즐거운 놀이를 하는 모습을 보니 어느새 마음이 편안해지고 입가에 미소가 번지게 되었답니다.

어렵고 힘든 순간이 올 때도 있지만 자연은 평온을 선택하게 하였습니다. 교육자의 길이 자신을 평온으로 인도해주는 방법 중 교육자의 길이 자신을 평온으로 인도해주는 방법 중 하나라는 것을, 큰 일들을 겪으며 더욱 더 깨달아 가는 중이랍니다.

삶을 살아가다 보면 순간적인 고민과 어려움이 다가올 수 있지요. 그때, 스스로 그 상황을 두려워하지 않고 침착하게 극복한 사람은 평온함과 깨달음을 느끼게 되지요. 평온한 사람은 자신의 열정과 감정을 잘 다스리고 스스로 마음을 다독입니다. 평온한 마음에는 힘과 안식이 있고 사랑과 지혜가 있지요.

- 제임스 앨런 -

독자에게

힘들고 어려운 일이 있을 때 평온한 마음으로 이겨낸 적이 있
으신가요?

리더십
········

이미 알고 있어요

리더십의 본질은 구성원이 자발적으로 활동에 참여하여 성과를 만들어 내는 것이지요. 목표를 달성하도록 하고 사람과의 연결을 가능하게 하는 것이기도 하고요. 순자는 여행을 하면 에너지가 넘치고 기분도 상쾌해 진답니다. 그래서 가까운 곳에 산책을 하고, 바쁜 일정이지만 좋은 사람들과 여행계획을 짜두는 것도 좋아해요.

순자는 의령 여행을 1년 전부터 계획하고 있었어요. 친하게 지내는 지인들과 함께 계획했던 일이라 꼭 가고 싶었어요. 그리고 운전을 순자가 해야 했기 때문에 약속을 지키는 일이 중요했지요.

바구니에 과일과 반찬을 담고 편안한 마음으로 의령으로 갔어요. 의령으로 가는 길, 중간 휴게소 나무 밑에서 찰밥과 김치찌개, 구운 김과 양파지로 아침을 먹었어요. 꿀맛이었어요. 학창 시절 소풍 갔을 때의 상쾌한 기분이었답니다.

아침밥을 든든하게 먹고 서진주로 가서 진양호를 구경하였어요. 산 위에서 바라보는 진양호는 아름다웠어요. 자연의 멋스러움과 시원한 바람이 행복을 안겨다 주었지요. 공원에서는 산수국과 연초록 단풍잎이 유난히 예쁘게 보였어요. 지인의 의령 집은 친정집같이 편안했어요. 앞마당에는 매실이 주렁주렁 열려 있었고, 뒷마당에는 산추 나무와 다양한 과실 수가 있었죠.

경남에서 3대 재벌이 나왔다는 부자 동네도 구경하였지요. 한 사람의 리더십이 한국을 살리고 세계적으로 유명한 사람이 되는 것을 보고 의령은 참 살기 좋은 고장이라는 것을 느낄 수 있었어요.

어린이집 아이들이 졸업여행을 앞둔 어느 날이었어요. 유아교육기관에서는 1년에 한 번씩 졸업여행을 갑니다. 순자는 '아이들에게 특별한 추억이 되는 곳이 없을까?' 생각해보았지요. 먼저 아이들에게 물어보았어요.

"우리 졸업 여행을 가려고 하는데 어디로 갈까?"

"동물원요."

"경주 가고 싶어요."

"부산 해운대는 어때요?"

"서울이 좋아요."

아이들은 함박웃음으로 재잘거리며 자신들이 가고 싶어하는 장소들을 말했어요.

"그러면 너희들이 좋아하면서도 안전한 곳이 있어. 신기하고 호기심이 생길 수 있는 곳이 있는데 어때?"

"우와! 좋아요. 어디에요?"

"선생님이 알아봤는데 기장에 있는 국립부산과학관이야. 어때? 그곳에는 꼬마 기차도 탈 수 있고, 로봇 장난감도 있고, 신기한 것이 많아."

"네네! 좋아요. 국립부산과학관 가요."

이렇게 해서 졸업 여행 장소를 정했어요. 그리고 순자는 아이들에게 더 소중한 추억이 될 수 있는 것이 없을까 고민하다가 꼬마 교복을 대여해서 입고 가도록 했지요.

아이들은 파란 하늘과 단풍이 곱게 물든 가을에 꼬마 교복을 입고, 환하게 웃으며 졸업여행을 즐기고 있었지요. 어린이과학관 건물이 따로 있어서 아이들은 마음껏 활동할 수 있었어요. 그리고 과학관에는 어린이들을 위해 해설사 선생님이 계셔서 친절한 설명을 듣고 편안하게 활동을 할 수 있었답니다. 아이들의 얼굴에는 즐겁고 신난다는 표정이 가득했어요.

리더가 행복해야 우리 아이들도 좋은 리더가 될 가능성이 높아집니다. 우리가 살아가는 세상은 삶 속에서 균형을 잡고, 즐거운 마음으로 스스로 존중하는 리더가 필요합니다. 그리고 리더에게는 많은 변화가 요구되지요. 이웃과 세계에 긍정적인 변화를 선물할 수도 있어야 하고요. 또한 불편한 상황에서 자신의 생각을 말하기 전에 현재의 감정을 먼저 인식하고 말을 하는 것이 중요합니다.

아이들과 함께 하며 좋은 리더, 행복한 리더의 모습을 보여주기 위해 노력하는 순자는 이미 알고 있어요. 어린이집 아이들이 가르침과 경험을 따라 이웃과 세계를 변화시키는 멋진 리더가 될 것이라는 걸 말이죠.

순자의 리더십 그리고 아이들을 향한 믿음이 있으니까요.

135

리더십 : 이미 알고 있어요

독자에게

당신이 생각하는 사람들이 본받을 만한 리더십의 모습에는 어떤 것이 있나요?

독자에게

반성이나 경험을 통해 새롭게 깨닫게 된 삶의 지혜가 있나요?

화 합
· · · · · · · ·

확실히 알게 되었어요

화합이란 '화목하게 어울림'이라는 뜻을 가지고 있어요.

순자는 30년 넘게 어린이집을 운영하며 영유아들과 부모, 교사들과의 화합을 중요하게 생각하고 교육해 왔습니다. 영유아와 부모가 행복하게 활동할 수 있도록 연간행사를 기획하고 준비하지요. 견학과 소풍뿐만 아니라 기관 안에서도 특별이벤트를 준비해서 즐겁고 신나게 활동을 합니다.

오리엔티이션을 비롯하여 새 학기가 시작되면 봄꽃놀이와 바다축제, 물놀이를 반별로 진행하기도 하고요. 다양한 놀이체험 프로그램을 통해 아이들은 즐겁게 웃으며 활동을 하지요.

10월 토요일 어느 날, 영유아들과 학부모 그리고 교사 모두 단감 체험과 소운동회 준비를 했습니다. 부모와 영유아들은 자가로 오는 경우도 있고 버스로 움직이기도 하였지요. 안전한 활동과 즐거운 행사를 위해서 교사들은 행사 전주 토요일날 미리 단감체험 장소에 답사를 다녀왔지요. 단감체험행사도 하고 소운동회를 준비하면서 교사들 간의 협업이 얼마나 중요한지를 알게 되었습니다. 교직원의 헌신과 사랑으로 영유아들과 부모님들에게 마음 따뜻한 감동의 시간이 되었지요.

단감 따기 체험을 할 때, 높은 나무에 달려 있는 단감은 트랙을 타고 따기를 하였어요. 그리고 소 운동회로는 반별 달리기, 밤 담아오기, 신발 던지기, 줄다리기, 미니축구 등 다양한 놀이를 준비했어요. 단감밭에서 활동하는 소운동회의 추억이 오래도록 남을 수 있을 것 같았습니다. 행사가 끝나고 부모님들은 키즈 노트에 댓글을 보내 주셨지요.

"원장님과 선생님들 덕분에 너무 즐겁고 재미있는 시간이었습니다."

"즐겁게 행복한 시간이었습니다. 좋은 추억 만들어 주셔서 감사합니다."

"너무 즐거운 시간이었습니다. 함께 소통하는 귀한 시간이었습니다."

"단감체험과 소 운동회, 우리 아이들 호기심 가득한 얼굴로 정말 신나고 소중한 시간이었습니다."

"집에 돌아와서도 밤도 삶아 먹고 감도 먹었답니다. 휴일에도 프로그램 준비하신 선생님께 감사합니다."

"행복하고 소중한 시간 만들어 주셔서 감사합니다."

유아교육기관에서 교직원과 학부모가 마음을 모아서 일상의 기쁨과 가치를 느낄 수 있는 것은 아주 중요합니다. 또한 아이들과 함께 웃으면서 즐거운 시간을 보낼 수 있는 것은 행복입니다. 그래서 순자는 생각했어요.

순자가 운영하는 어린이집의 모든 사람이 즐거운 활동을 함께 지속할 수 있도록 따뜻한 화합과 격려를 계속해 주는 것이 자신의 역할이라고 말이에요.

순자는 이번 책을 준비하면서 인생에서 만나는 사람들과 화합하며 화합을 전해주는 사람이 되고 싶다는 꿈이 생겼어요. 그러기 위해서는 앞으로도 교육자로서 글 쓰는 작가로서 삶을 살아가며, 자신과 먼저 화합해야 한다는 걸 다시금 다짐했어요.

글을 쓰고 보니 더 확실히 알게 되었어요. 순자의 삶이 얼마나 소중한지, 신께서 순자의 삶 속에 보내주신 사람들이 얼마나 소중한지를요. 순자는 글로 기록한 소중한 가치들을 남은 인생동안 잘 흘려보내는 화합가가 될 거예요.

독자에게

당신은 '화합'을 무엇으로 비유하고 싶나요?

_____

_____

_____

사랑하는 가족들

찔레꽃 열매로 빚어낸 행복

우리가 처음 만나던 날, 당신은 청순하면서도 꿋꿋하고 도도한 찔레꽃이었습니다. 가시들로 무장한 당신은 쉽게 마음을 열어주지 않아 애태우다 '찔레꽃 당신'이라는 제목으로 쓴 구애편지가 당신의 마음을 움직이게 한 계기가 되었고, 우여곡절 끝에 연을 맺어 함께한 세월이 벌써 38년이나 되었습니다.

긴 세월을 살아오면서 갖가지 많은 일이 있었지만, 열악한 환경에서도 굳건하게 뿌리내리고 당당하게 자신의 꽃을 피워내는 사랑으로 우리 가족을 지켜온 당신이었습니다. 그러면서도 자신의 꿈을 포기하지 않고 끊임없이 정진하는 당신의 모습에서 38년이 지난 지금도 변함이 없는 찔레꽃 당신을 보고 있습니다.

이제 찔레꽃의 아름다운 열매로 빚어낸 작품들이 세상으로 나와 조그만 행복의 전도사가 되길 바라봅니다. 꿈을 일구어가는 당신을 존경합니다. 더욱이 나이를 초월한 당신의 모습을 사랑합니다. 소담하면서도 진실이 깃든 책 출간을 진심으로 축하합니다.

당신의 반려자 드림

어머니이자 가장 존경하는 인생의 선배님의 출간을 진심으로
축하드립니다. 끊임없이 배움을 갈망하고, 새로운 도전에 대한
두려움을 생각치 않으며 본인의 길을 개척해 나가시는 모습은
항상 귀감이 됩니다. 존경과 사랑을 담아...

첫째아들 김아람 드림

항상 어려움 속에서도 긍정의 힘으로 길을 찾아내시는 어머니.
어머니의 삶의 지혜와 따뜻한 마음이 독자들에게 위로와 용기,
큰 울림으로 전해질 것이라 믿어요!
작가로서의 새로운 여정을 진심으로 응원하고, 존경합니다.

둘째아들 김한솔 드림

제 인생의 새로운 분기점에서 시어머니와 며느리라는 관계로 만나 가족이라는 이름으로 함께 걸어가게 된지 어느새 15년차가 되었습니다. 그 시간동안 어머님께서는 저에게 꿈과 미래를 위해 부단히 노력하고 값진 성취의 열매를 일구어내는 선진 여성으로서의 롤모델이 되셨습니다. 어둡고 거친 파도 위를 표류하는 것 같은 순간에도 저의 등대가 되어주심에 늘 존경의 마음을 가집니다. 어머님의 지혜와 사랑이 담긴 책의 출간을 진심으로 축하드립니다.

첫째 며느리 변수정 드림

도전의 아이콘! 어머님의 첫 번째 개인저서 출판을 축하드립니다. 한 자리에 멈춰 있지 않으시고 늘 끊임없이 새로운 것에 도전하시는 모습, 항상 존경합니다.
아름답고 찬란하게 빛나는 어머님의 인생을 항상 응원합니다!

둘째 며느리 김혜민 드림